다음 생엔
엄마의 엄마로
태어날게

세상 모든 딸들에게 보내는
스님의 마음편지

다음 생엔
엄마의 엄마로
태어날게

선명 지음 ◦ 김소라 그림

21세기북스

하늘과 땅이 돕는 그대
모든 것이 다 괜찮습니다.

들어가는 글

내가 가장 많이 느끼는 감정은 미안함입니다.
이 책을 쓰면서도 미안함을 가장 많이 느꼈습니다.
내가 설익은 말을 하는 것은 아닌가.
책을 읽는 분들에게 아무 도움도 못 되는 것은 아닌가.
나를 위해 애써주신 분들에게 누를 끼치는 것은 아닌가.
그리고 다른 스님들을 부끄럽게 하는 건 아닌가.

나는 비구니입니다.
종교인으로 살아가기로 약속한 이상
스님인 내게는 여백의 공간이 있어야 합니다.
그래야 속세에서 상처받고 아픈 이들이

종교의 품 안에서 잠시라도 자신을 내려놓고
위로받고 쉬어갈 수 있기 때문입니다.

스님들이 속세의 과거사를 이야기하지 않고 절제하며
일상적인 삶과 거리를 두는 까닭은 아마도 그 때문일 것입니다.
세상 사람들이 저마다의 아픔을 내려놓고 싶을 때
그냥 내려놓아도 되는구나 하고 느끼려면,
그만큼 여백이 있어야 합니다.
스님들이 보여주지 않는 그 세상이
한편으로는 그런 공간을 만들기 위한 작업이 아닌가 싶습니다.
그러니 스님으로서 이 책에 나의 일상을 담고
부모 자식의 마음을 담고 나의 부족함을 담는 것이
여백의 공간을 만들고 계실 다른 스님들에게
누가 되는 것은 아닌가 싶어 미안합니다.

그러면서도 나의 부족함을 다 담은 이유는
사람 사는 모습은 결국 다르지 않다고 생각하기 때문입니다.
사람들이 저마다 품고 있는 아픔과 상처들,
그 모양은 서로 다를지라도

그것이 말해주는 삶의 의미는 크게 다르지 않다고 생각합니다.
실패와 좌절, 고통과 외로움,
이 모두가 살아가는 과정이 아닐는지요.
나는 산속에서, 그리고 그대는 세상에서
우리는 삶을 살아내는 수행을 하고 있는 것입니다.

나의 부족함과 미흡함도 언젠가는 성숙하고 더 나아질 것입니다.
지금은 비록 어설프고 스스로 자랑스럽지 않고
누군가에게 자주 미안해지는 나 자신일지라도,
모든 것이 다 그럴 수 있다고 생각하고 멈추지만 않는다면
언젠가는 이만하면 됐다 싶은 자신을 마주할 수 있지 않을까요.

함께 성장해가는 모습을 보여주고 싶었습니다.
스님인 나도 이래요, 수행자인 나보다 여러분이 더 훌륭합니다,
우리 괜찮을 거예요, 겁먹지 말아요, 큰일이 아니에요…….
그렇게 진심으로 말해주고 싶습니다.

책 한 권의 소중함을 알고 있습니다.
내게 책은 위로와 위안이고 용기입니다.

가장 아끼는 것이 있다면 종이이고,
유일하게 욕심내는 것이 있다면 연필입니다.
글을 쓸 수 있는 것이기에 그러합니다.
내 생각들을 적으면서 나 자신을 여러 번 바라보게 되었고,
나 혼자만이 아니라 다른 사람들과 함께 읽는 것이기에
상대를 더 헤아려볼 수 있는 기회가 되었습니다.
책을 만드는 동안 좋은 분들과 같은 주제로 뜻을 나눌 수 있어
많은 것을 배웠습니다. 진심으로 고맙습니다.

'미안합니다' 말하지 말고 '고맙습니다' 말하라 했습니다.
미안하다 말하면 상대에게도 미안함이 옮아가고,
고맙다 말하면 상대에게도 기쁨이 전해진다 했습니다.

이 책을 읽고 있는 당신,
고맙습니다.

2019년 1월
대적광사에서
선명 씀

차례

3부 오래된 아픔을 꺼내보세요

4부 다듬고 덜어내면 마음도 단정해집니다

5부 세월이 흘러도 그리움은 여전히

1부

어느날 엄마는 스님이 되었습니다

산

어릴 적에 엄마를 따라 절에 갔습니다.
깊은 산속 절까지 가파른 산길을 두세 시간 올라야 했습니다.
엄마의 배낭 속에는 부처님께 올릴 쌀과 초가 들어 있었고,
나는 엄마 뒤를 따라 산을 오르다
엄마가 숨이 차고 힘들어하면 뒤에서 등을 밀어드리며
수없이 산을 올랐습니다.

그게 20년 전 일입니다.
세상에서 의지하고 기댈 곳이 부처님뿐이었던 모녀는,
숨 쉬는 하루하루가 고통이었던 모녀는
어미젖을 찾는 아기 양처럼 오직 살고자 하는 의지로

"스님이 되거라" 스승님의 말 한마디에
조금도 망설이지 않고 곧바로 출가를 했습니다.

출가를 하고 다시 십수 년,
엄마는 주지스님이 되고 나는 그 제자가 되어
스님이라는 이름으로 세상을 살아갑니다.
전생에 만겁의 인연이 있어야만 이생에 부모와 자식으로 맺어지고,
그 만겁보다도 더 깊은 인연이 있어야만
이생에 스승과 제자로 만날 수 있다 했습니다.
그런데 엄마와 딸로 만나 이제는 스승과 제자로 살아가니,
우리는 전생에 얼마나 많은 세월을 함께했던 것일까요.

이번 생에 내가 응석 부리는 딸의 마음,
부모 자식 사이에 연연하는 이 마음을 얼마만큼 갈고 닦아야
그물에 걸리지 않는 바람처럼 그리 자유롭게
수행자의 마음을 지닐 수 있게 될지 알 수 없으나,
나는 그 길을 향해 걷고 있습니다.
엄마와 딸이 함께 출가하여 같은 길을 걷는 것이
아주 큰 복으로 느껴질 때도 있고,

서로가 서로의 발목을 붙잡는 일이라 느껴질 때도 있습니다.
이 세상에 생명을 준 이와 그 생명을 받은 이가
함께 깨우치기 위해 인생을 걸고 공부하는 것은
도대체 어떤 복이 있어야 누릴 수 있는 호사일까요.

그러면서도 나는 여전히 엄마를 스님이기 전에 엄마로 생각하고
엄마는 나를 스님이기 전에 자식으로 생각합니다.
둘이 함께 있을 때면 여느 모녀처럼 투닥거리기도 하고,
서로를 위해 나아가야 할 때 멈추고
멈춰야 할 때 나아가기도 합니다.
천륜을 뛰어넘은 자유로움을 깨닫기에는
아직 서로를 붙잡고 있는 아픈 손가락입니다.

망설임 없이 출가했지만 포기하고 싶던 순간도 많았습니다.
스님으로서 하면 안 되는 것은 왜 이리 많고,
지켜야 하는 계율은 또 왜 이리 많은지.
나는 그저 머리를 깎고 승복을 입었을 뿐인데,
아직 공부도 안 되었고 수행도 안 되었는데,
나를 향한 질문들은 왜 이리 많은지.

똑같이 어리석은 중생일 뿐인데 말이지요.

스님을 그만두고 싶다고 마음이 약해질 때마다
나를 멈추게 한 건 주지스님이었습니다.
이 고된 길을 어찌 홀로 감당하실까,
이 외로운 삶을 어찌 혼자 견뎌내실까…….
우리 주지스님은 성격도 보통이 아니고
청렴결백과 위풍당당의 대명사인데,
옳지 않다 여겨지면 화르르 불타버리실 텐데
어느 제자가 그 성품을 감당할까요.
또 거침없기로 으뜸가는 대쪽 같은 스승님,
그 스승님을 주지스님 혼자 어찌 수발할까요.
그래서 나는 고비 고비를 넘기며 이 길을 걸어가고 있습니다.

어릴 적에 엄마가 나를 붙잡고 울던 모습이
이따금씩 떠오릅니다.

아마 이혼 후에 사기를 당하고, 홀로 세상살이를 버티고 버티다
고통이 목까지 차올라 서러움이 터져 나오던 날이었겠지요.

"내가 너 때문에 죽을 수도 없다.
왜 나를 죽지도 못하게 하니……."
울면서 어린 나를 때리던 엄마.
때린다고 때리는데 너무나 힘이 없어
마치 버들가지가 스치는 것처럼 느껴졌던,
한없이 작았던 엄마…….

엄마는 아침에 눈뜨는 것이 가장 두렵다 했었지요.
어린 오빠와 나를 두고 차마 죽을 수가 없어
버티고 살던 엄마의 나이를 생각해보니
지금 내 나이쯤이었습니다.

엄마의 목숨값에는 내가 매달려 있었고,
나의 스님값에는 엄마가 얽매여 있었습니다.
그것이 사는 이유, 아니 살 수 있는 이유입니다.

다행이지요.

내가 없었더라면 엄마는 고통을 견뎌내려 하지 않고

열 번, 스무 번 죽음을 택했을 겁니다.

엄마가 없었더라면 나는 힘듦을 이겨내려 하지 않고

열 번, 스무 번 스님을 그만두겠다 했을 겁니다.

항상 이겨내고 견디고 끝까지 버텨야만 결과가 있습니다.

엄마는 나 때문에 사는 삶을,

나는 엄마 덕분에 어리석음에서 벗어나는 삶을 살아갑니다.

세상에서 가장 의미 있고 중요한 일은

첫째는 존재하는 일이고,

둘째는 나로 존재하는 일입니다.

엄마와 나는 그 중요한 두 가지 일을 위해

서로를 이끌고 밀어줍니다.

20년 전 산을 오르던 그날처럼

앞에서 끌고 뒤에서 밀어주며 그렇게 나아갑니다.

숨이 차오르게 무겁지만

얼마든지 짊어질 수 있는 짐을 지고 말입니다.

세상에서 가장 중요한 일은
첫째는 존재하는 일,
둘째는 나로 존재하는 일입니다.

엄마와 나는 그 중요한 두 가지 일을 위해
서로를 이끌고 밀어줍니다.
20년 전 산을 오르던 그날처럼 말입니다.

밥 짓는 마음

어릴 적에 외할머니가 방앗간을 하셨는데,
아침이 되면 방앗간 문을 활짝 열고 밥을 지으셨다 합니다.
밥 냄새가 솔솔솔 나면 동네 거지들이 방앗간 앞으로 모였고,
그들이 다 오면 할머니는 밥상을 차려 함께 밥을 드셨다 합니다.
어린 아들딸들이 그들과 함께 밥 먹기가 싫다
투정이라도 부리는 날이면, 그날은 회초리 맞는 날이었다 해요.

나의 어머니도 다르지 않았습니다.
어릴 때는 이 집 저 집 다니며 물건을 파는 분들이 많았습니다.
화장품 아줌마, 생선 할머니, 미제 초콜릿 아줌마.
어머니는 그분들이 우리 집에 오면

"밥부터 드셔"라는 말을 입버릇처럼 했습니다.
그래서 우리 집은 항상 사람들로 북적거렸고,
하루에 밥상을 몇 번이나 차렸는지 모릅니다.

스님이 되고 나서도 마찬가지입니다.
절에 일이 있어 공사하는 분들이 오시면,
그 음식만큼은 주지스님이 직접 하십니다.
스님들 음식은 내가 온갖 재료에 들기름 넣고 휙 볶아
이름도 없고 맛도 없게 만들어도 아무 말씀 안 하시지만,
절에 일하러 오시는 분들의 음식만큼은
조금만 소홀히 준비해도 불호령이 떨어집니다.
그분들 음식은 주지스님이 몇 시간 동안 지지고 볶고 끓인 뒤
귀한 손님이 오실 때만 쓰는 하얀 반상기에 대접합니다.

오늘도 높은 찬장에 있는 하얀 반상기를 꺼내다 문득
위로하고 싶으신 거구나 하는 생각이 들었습니다.

한 끼 식사로 그들에게 말없이 고마움을 표현하고 싶고,
고단한 그들의 삶에 위안을 건네고 싶으신 겁니다.

사람들이 자주 하는 말이 있어요.
"나 어릴 적에 엄마가 해준 음식인데……."
"나 어렸을 때 할머니가 만들어주셨던 건데……."
그건 그 음식이 맛있어서 잊지 못하는 게 아닐 겁니다.
그 음식에 담긴 엄마의 마음,
그 정성이 그립고 그리워 잊히지 않는 것이지요.
그런 마음으로 차려주는 밥을
다시…… 먹고 싶은 겁니다.

나도 훗날 제자가 생기면
이렇게 해라, 저렇게 해라, 말로 가르치지 않고
이것이 옳다, 저것이 틀리다, 쉽게 말하지 않고
밥을 지어야겠습니다.
서럽고 서글픈 이를 위해
수없이 밥을 지어야겠습니다.

세상이 존재할 수 있는 이유

심술이 나고 속이 상하면, 나는 밥을 먹지 않습니다.
그러면 주지스님 속이 바짝바짝 타는 것이 느껴집니다.
주지스님은 단단하고 강한 분인데도
내가 밥을 먹지 않으면 매번 하염없이 약해집니다.
나는 못되고 심술 맞게도, 그래서 밥을 먹지 않습니다.
세상 누구에게도 할 수 없는 갑질을 주지스님에게 하는 겁니다.

내가 밥을 안 먹는다고 속이 바짝바짝 타는 이가
세상천지에 엄마 말고 또 누가 있을까요.

그걸 알기에 아주 못되게 갑질을 하는 겁니다.

사탕을 주지 않으면 바닥에 드러누워 앙앙 울어버리는
어린아이의 심술을 나는 아직도 지니고 있습니다.

가끔 심술이 나지 않고 고요한 날이면,
주지스님이 계시지 않았다면…… 하는 생각을 합니다.
아무도 내게 밥 먹어라, 옷 바로 입어라,
엄마가 버텨줄 때 서둘러 공부해라,
엄마가 평생 바람막이 해줄 것 같으냐, 어서 기도해라……
하지 않을 것입니다.

누가 그런 말을 해줄까요.
누가 그런 마음을 줄까요.

모든 이에게 엄마가 있습니다.
하물며 축생에게도 미물에게도 어미가 있습니다.
엄마도 외할머니에게 못되게 심술을 부렸을까요.

말도 안 되는 갑질을 했을까요.

세상에는 내리사랑만 있지 치받이 사랑은 존재하지 않는다고,

그래서 세상이 존재할 수 있다고들 합니다.

세상이 존재하라고 엄마가 있는 것이고,

딸들은 또 자연의 순조로운 이치에 순응하느라 못됐나 봅니다.

출가를 했으니 자식을 낳아볼 일이 이번 생에는 없는데,

생명을 품는 일도, 그 생명을 태어나게 하고 기르는

그 대단한 일도 나는 경험해보지 못할 텐데…….

평생 어미의 마음은 알지 못한 채

자식의 마음으로만 세상을 살아갈 테니

이를 어찌해야 할까요.

생선

명절 무렵이면 절에 선물이 많이 들어옵니다.
대개는 과일, 한과, 차와 같은 선물들입니다.
그런데 속가에 계신 아버지는 명절 때마다
생선을 보내십니다.
여러 해가 바뀌어도 한결같이 생선을 보내주시기에
한번은 전화로 말씀드렸습니다.
"스님은 생선 안 먹습니다."
그랬더니 "알아" 하고 전화를 뚝 끊으십니다.

'아, 아버지도 알고 계시지…….'
그래서 보내신 거였습니다.

아버지는 그것이 마음에 걸리셨나 봅니다.
아버지에게 나는 스님이기 전에 자식인 것이지요.

올해도 물고기들이 줄줄이 엮여 퀭한 눈으로 나를 바라보는데,
보고 있으니 웃음이 나옵니다.
스님에게 생선을 보내는 아버지의 당당함에 웃음이 나옵니다.

나를 좋아하고 아껴주는 인연이 많다 해도
부모만이 지닐 수 있는 마음이 있습니다.
부모만이 헤아리는 자식에 대한 앎이 있고,
부모의 눈에만 보이는 자식의 모습이 있습니다.
오랜 세월 그것에 익숙해져
그 크기와 정도가 매 순간 느껴지지 않을지라도,
정작 내가 몹시 힘들고 외로울 때
제일 먼저 "엄마, 아빠"를 찾으며 울게 되는 걸 보면,
내가 지닌 마음 중 가장 큰 마음이라는 것을 알 수 있습니다.

뒷담화

종종 주지스님 몰래 주지스님 뒷담화를 합니다.
"주지스님 이상하지 않아? 도대체 왜 그러신대?
나이가 드시나 봐. 할마시…… 노친네……."
이렇게 뒷담화를 합니다.

그럴 때마다 마음 한편에서는
미안한 마음, 짠한 마음이 올라옵니다.

나를 힘들게 하면 속이 부글부글 끓다가도
온종일 뛰어다니다 지쳐서 주무시는 모습을 보면
많이 늙으셨구나 싶어 마음이 아프고,

부지런한 성품에 가만히 못 계시고 일을 만드는 모습에
몸이 상하실까 봐 걱정이 됩니다.
애잔함이 안 느껴져야 뒷담화가 그저 뒷담화로 끝나는데,
나는 주지스님에게 낚인 것이지요. 발목이 묶인 겁니다.

이번 생엔 틀린 것 같습니다.
주지스님을 사랑하니 말입니다.

머리와 마음의 속도

주지스님과 한 공간에서 생활하다 보면
서로 의견이 부딪쳐 언성이 높아질 때가 있습니다.
그 순간에는 두뇌 회전도 매우 빨라집니다.
'주지스님께 어떻게 더 못되게 말하지?
어떤 말이 주지스님 마음을 더 아프게 할까?
어떤 논리로 내가 옳다는 것을 증명할까?'

그런데 이 빠르게 돌아가는 머리보다
딱 0.1초 더 빠른 아이가 있습니다.
바로 나의 마음입니다.
그 아이가 빠르게 돌아가는 머리를 붙잡고 이야기합니다.

"네가 주지스님을 얼마나 사랑하는지,
주지스님이 네게 얼마나 소중한지 잊지 말아라."
그 아이가 나를 붙잡으면 모든 게임은 끝난 겁니다.
옳고 그른 것, 맞고 틀린 것은 더 이상 중요하지 않습니다.
"제가 잘못했어요."
이것으로 설전은 끝이 납니다.

그런데 시간이 지나고 보면 주지스님 말씀이 옳았습니다.
나는 조용히 자분자분 이야기해서
마치 그 말이 맞는 듯 들리는 것이고,
성미가 급한 주지스님은 소리부터 버럭 지르시니
마치 그 말씀이 틀린 듯 들렸을 뿐이지요.
마음이 머리를 붙잡아주지 않았더라면
나는 내 말이 맞다고 끝까지 우기고,
그 말을 증명하기 위해 더 많은 구업을 짓고
주지스님을 설득하려 했겠지요.

사랑하는 이에게 맞고 틀리고는 중요하지 않습니다.
화가 나는 그 순간 그를 사랑하는 것을 기억하느냐,
기억하지 못하느냐가 중요합니다.

꾸지람

얼마 전 예순이 된 아들을 호되게 꾸짖는
아흔 살 아버지를 뵈었습니다.
아들도 예순 살이나 되었는데,
그런 아들을 얼마나 모질게 꾸짖으시던지
곁에서 지켜보기가 민망했습니다.

아드님이 다 혼나고 난 뒤에 그러셨습니다.
"혼날 줄 알았습니다. 혼날 만합니다.
아버지니까 그리 말씀하실 수 있는 거겠지요."
참 지혜로운 분이시지요.

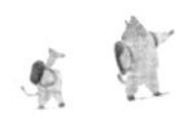

이 세상에서 자식을 가장 사랑하고 아끼는 존재,
그의 삶을 함께 나누어 들고 책임질 각오가 되어 있는 존재,
아버지라서 그렇게 꾸짖을 수 있는 것이었습니다.

스님이 되고 30대 중반을 넘어서니
언젠가부터는 나를 혼내는 이가 아무도 없었습니다.
내가 분명 잘못했는데 왜 아무도 날 혼내지 않을까…….
스님이라서, 어른이라 생각해서, 조심스러워서
싫은 말을 안 하는 것이겠지요.
그것이 외롭습니다.
누군가가 나를 혼내고, 잔소리하고,
이래라저래라, 이것이 맞다 틀리다, 가르쳐주기 위해서는
그가 나를 많이 사랑해야 합니다.
내 삶을 함께 걱정하고 있어야 합니다.

옷

주지스님은 내게 복장을 제대로 갖춰 입으라고 자주 지적합니다.
옷을 잘 다려 입어라, 위아래 색이 맞는 옷을 입어라,
두루마기 입어라, 목에 수건 둘러라,
흰색 입어라, 회색 입어라…….

절 생활이 평화롭고 고요하기만 할 것 같지만
사실 절에서는 의외로 몸을 써야 하는 일이 많습니다.
여러 사람이 살고 있는 데다 찾아오는 분들도 많다 보니
그만큼 해야 하는 일도 많은 것이지요.
수없이 앉았다 일어났다 해야 하고,
무거운 짐을 들고 열심히 뛰어다니기도 해야 합니다.

그런데 주지스님은 스님들 옷이
자글자글 구겨져 있는 것을 싫어해서
여름옷은 풀까지 먹여 다려 입으라 하시니,
풀 먹인 옷을 입으면 너무 빳빳해서 목에 깁스를 한 듯합니다.
어떨 때는 일이 힘들어서가 아니라
빳빳한 승복 때문에 심신이 지칩니다.
그래도 주지스님의 승복을 정갈하게 입어야 한다는 그 뜻에는
조금도 변화가 없습니다.

하루는 주지스님이 내 옷에 대해 지적하는 것을
곁에서 듣던 지인이 내 귀에 대고 살짝 물어보셨습니다.
"그런데요, 스님. 주지스님 옷과 스님 옷이 뭐가 다른지요?
제가 볼 때는 똑같은데요."
주지스님의 옷은 정장이고 내가 입은 옷은 캐주얼인 셈인데,
서양인이 중국인, 한국인, 일본인을 잘 구별하지 못하는 것처럼
속세에 계신 분들은 스님들의 옷이 짙은지 옅은지,

위아래가 어울리는지, 그것이 맞는지 틀리는지
구별이 잘 안 되는 것이었습니다.

주지스님과 내가 입은 옷이
속세 사람들이 보기에는 아무 차이가 없고
구별이 잘 안 된다는 것을
주지스님이 꼭 아셔야 할 텐데요.

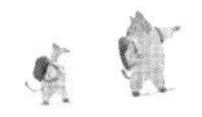

밥부터 먹자

주지스님과 모처럼 단둘이 있을 때는
여느 모녀들처럼 엄청나게 싸우고 부딪칩니다.
특히 장거리를 이동하는 차 안에서 이야기를 많이 하는데,
대화가 늘 아름다울 수만은 없습니다.
두세 시간을 아주 격렬하게 티격태격,
내 말이 맞네 틀리네…… 그리 싸우다 보면,
도착하기만 해봐라, 주지스님하고 말 안 해야지,
속 터지게 입 꾹 다물고 있어야지, 하고 수십 번은 생각합니다.

그런데 막상 도착하고 보면
그 격렬했던 싸움은 어디로 간 것인지…….

"배고파요."

"그렇지? 우리 밥부터 먹자."

주지스님과 나는 또 마주 앉아 식사를 합니다.

배가 부르고 나면 마음이 넉넉해져 언제 그랬느냐는 듯이

일상의 대화를 주고받습니다.

다른 스승과 제자도 그럴까요?

아니면 우리는 엄마와 딸이라서 이러는 걸까요.

안간힘 쓰지 않아도 괜찮은 여유

돌이켜보면 어린 시절에는 정말 많이 울었습니다.
늘 혼자 울었습니다.
엄마는 엄마 혼자,
나는 나 혼자.

그리고 둘이 함께 있을 때는 웃었습니다.
엄마는 어린 딸에게 무너지는 모습을 보이기 싫어 웃었고,
나는 그런 엄마가 행여라도 잘못될까 봐 웃어 보였습니다.

그때 차라리 서로 부둥켜안고 울었더라면
덜 외로웠을 것을.

그것이 습관이 되어 지금도 힘이 들 때는
주지스님은 김천 절에, 나는 울산 포교원에
뚝 떨어져 있으면서 서로의 아픔을 보이지 않습니다.

...

어른이 되고 스님이 되어 달라진 점이 있다면,
이제는 힘이 들면 억지로 웃지 않고 침묵한다는 것입니다.
그 웃음조차 안간힘을 써야 한다는 것을 알기에,
이제 그렇게 안간힘 쓰지 않아도 괜찮은 여유가 생긴 것입니다.
거짓 웃음을 짓지 않아도 아픔을 감당해낼 힘이 있으니 괜찮다,
이 또한 지나가리라 하며 침묵으로 기다리는 겁니다.

아플 때는 마음껏 아파해도 괜찮습니다.
존재하기만 하면 됩니다.
그러면 그 시간은 반드시 지나갑니다.

자식에게 바라는 점

부모가 자식에게 바라는 건
진정으로 잘 사는 것입니다.
오늘 이 시점, 지나온 과거,
아픔을 새롭게 해석할 수 있는 능력을 길러서
소중한 내 자식이 울지 않고
인생을 잘 살아가기를 바라는 것입니다.

"공부해라"라는 말은
좋은 대학을 나와 좋은 직장에 들어가고
돈 많이 벌어 잘살라는 뜻이 아니라,
아는 것 많고 배운 것 많은 사람이 되어

자기 삶을 똑똑하게 해석하는 힘을 기르라는 말입니다.
그래서 아파하지 말고 단단하게 살라는 뜻입니다.

부모님들도 "공부해라"에 담긴 의미를
가끔씩 헷갈리시는 것 같기도 하지만,
궁극적으로 그 말씀에는
"내 자식아 아프지 말아라" 하는 바람이 담겨 있습니다.

숨

죽고 싶다는 마음을 품었던 때가 있었습니다.
어차피 죽을 목숨이라면 차라리 당신을 위해 살겠다고,
나를 보고 사는 당신을 위해
숨만이라도 쉬겠다고 생각하며 살았던 적이 있습니다.
당신은 나의 어머니이십니다.

죽어버리면 이미 없는 목숨이니,
기쁨도 슬픔도 감정도 생각도 존재하지 않는 것이니,
그냥 엄마에게 나를 보여주기 위해서만 살자.
기쁨도 행복도 바라지 말고 그냥 숨만 쉬자.
그렇게 마음먹은 적이 있었습니다.

엄마를 위해 산다는 마음도 어쩌면
살아야 하는 이유를 찾기 위한 변명이었을 수 있지요.
그래도 그렇게 힘든 시간을 어떤 이유로라도 보내고 나니,
특별히 애쓰고 노력하지 않았는데, 숨만 쉬었는데도
다시 좋은 날이 오고, 웃을 일도 생기고,
힘을 내어 살아야겠다 하는 시기도 오게 되었습니다.

자신을 버리지 마세요.
죽고 싶을 때는 이미 죽은 목숨이라 생각하고
소중한 누군가를 위해, 그에게 내 모습을 보여주기 위해,
딱 그 한 가지만을 위해서라도 살아야겠다, 하고 버티세요.

버티고 버티다 보면 다시금 살고 싶은 마음이 생기게 됩니다.
그때까지만 버티는 겁니다.

처음 사는 인생처럼

프랑스 과학자 라부아지에가 말했습니다.

"어떤 것도 창조되거나 파괴되지 않는다.

에너지의 한 형태는 오직 에너지의 다른 형태가 될 뿐이다."

그래서 우리는 윤회를 합니다.

에너지의 다른 형태로 살아갈지언정

전생의 나와 이생의 나는 같은 에너지입니다.

단지 지난 시간 동안 너무 많은 사람을 만났고,

너무 많은 말을 했고,

너무 많은 사랑을 했고,

너무 많은 미움을 지녔기에
그것을 잊지 않고서는 다시 살 수 없어서
모든 것을 잊고 마치 처음 사는 인생처럼
우리는 다시 살아가게 됩니다.

2부

작은 흙 알갱이가 주는 커다란 위로

고양이 가족

우리 절에는 고양이들이 많습니다.
고양이 엄마 아빠가 새끼를 낳았고
아기 고양이들이 자라서 또 새끼를 낳았습니다.

우리가 오기 한참 전부터
고양이 가족들은 이곳에 살고 있었으니
어쩌면 이곳의 진짜 주인은 고양이 가족들일지 모릅니다.

절의 사람들과 절의 고양이들은 그래서
곁눈질로 서로의 동태를 파악하며
나름 잘 지내고 있습니다.

오늘 아침, 풀을 뽑는데

고양이들이 응가를 하던 자리에

풀꽃이 피어 있는 걸 보았습니다.

노란 꽃, 보라 꽃…… 색깔도 모양도 가지가지의

꽃들이 피었습니다.

무얼 먹은 걸까요, 고양이들은.

사람들이 자연에서 위안을 받을 수 있는 건
조용하고 너그럽고 거대한 기운,
사람에게서는 느낄 수 없는 기운을 느끼기 때문입니다.

말을 책으로 배운 주오스님

주오스님의 국적은 헝가리입니다.
한국에 온 지 10년이 되어 한국말을 잘합니다.
그만큼 노력도 많이 했지요.

주오스님이 다니는 길마다 책이 있고,
모르는 것이 있으면 사람들에게 자주 질문하고,
일을 하면서도 단어를 외우고,
자투리 시간에도 한국어 공부를 하며
시간을 헛되이 보내지 않습니다.
폭넓게 공부해서 속담, 사자성어, 방언까지
그때그때 잘 구사합니다.

그런데 책에서는 배울 수 없는 표현들이 가끔 있습니다.
예를 들어 어른들이 아이들을
"우리 강아지, 우리 병아리"라고 부르는 것은
책에서 가르쳐주는 말이 아닌 우리 정서가 담긴 표현이지요.
그런데 주오스님은 아이들을 그저 동물로 표현하면 된다고
생각했나 봅니다.

절에 오는 아이들에게 인사를 건넬 때,
"헤이, 메뚜기. 안녕, 도마뱀. 안녕, 말랑말랑 너구리,
귀여운 개구리. 안녕, 지렁이야" 하는 겁니다.

신기한 것은, 아이들이 주오스님의 동물농장 인사를
무척 좋아한다는 겁니다.
주오스님 옆에 서면 허리춤에도 못 미치는 작은 아이들이
까르륵 까르륵 웃으면서 종일 주오스님에게 업히고 매달리고
그 뒤만 졸졸졸 따라다닙니다.

헤이, 메뚜기. 안녕, 두꺼비. 안녕, 도마뱀.
무엇이라 불러도 중요하지 않지요.
자신을 예뻐해주는 진심을 느끼는 것이겠지요.

만약 세상에 아이들만 있다면
주오스님이 한국어를 그리 열심히 공부하지 않아도 될 겁니다.
말이 아닌 진심이 더 중요하니까요.

동티 나다

옛말에 '동티'라는 것이 있지요.
오래된 땅이나 돌, 나무를 함부로 건드리면
땅의 신이 노하여 재앙을 내린다는 말입니다.

절에 동티가 났습니다.
요사채를 짓느라 7개월 동안
땅을 파고 콘크리트와 철근을 심는 공사를 했는데,
그게 화근이었나 봅니다.

동티가 난 것을 알아차린 이는 나였습니다.
나 혼자만 마음이 훌러덩 뒤집힌 것입니다.

괜스레 슬프고 우울하고, 자꾸만 가슴이 답답한 것이
그냥 다 관두고 절 밖으로 뛰쳐나가고 싶었습니다.
몇 개월 동안 참고 참다 결국 큰스님께 말씀드리니
"동티가 났구나" 하며 기운을 가라앉히는 기도를 해주셨습니다.
그제야 비로소 마음이 차분해지며
예쁘게 지어진 요사채가 눈에 들어왔습니다.

그런데 왜 나만 동티가 난 영향을 받았을까요.
다른 절 식구들은 모두 괜찮았는데 말입니다.
며칠 동안 원인이 뭘까 생각한 끝에 답을 찾았습니다.
이 절에서 빈둥거리며 놀고 있는 사람은 나뿐이었던 겁니다.

주지스님은 전생에 분명 장수였으리라 싶을 만큼 강직합니다.
불의를 보면 참지 못하고 배짱도 두둑해서
'대장부 스님'이라고 불립니다.
부처님과 스승님에 대한 충성심은 놀라울 정도이며,

한번 뜻한 일은 어떤 역경이 있어도 반드시 이루어냅니다.
주지스님에게는 동티가 스며들 틈이 없었던 것입니다.

주오스님은 예전에 많이 아팠습니다.
건강할 때는 헝가리에서 카누 국가대표였고,
킥복싱 선수 생활까지 했었는데
20대에 강직성척추염이라는 병을 얻었습니다.
하루하루가 뼈가 굳어가는 끔찍한 고통 속에서
치료 방법을 찾기 위해 세계 각지를 헤맸습니다.
십여 년간 독일, 러시아, 미국, 중국, 티베트까지 오가며
수많은 의사들을 찾아다녔습니다.

나와 인연이 된 것 또한 그 병 때문이었습니다.
당시 나는 중국 중의약대학교 침구학과에 재학 중이었는데
마침 주오스님의 누나가 나와 같은 반 친구였습니다.
주오스님의 병을 고쳐주고 싶어 헝가리에서 중국까지
침술을 배우러 온 것이었습니다.
나는 마지막 희망으로 큰스님께 데려가면 차도가 있을까 싶어
남매를 한국에 초대했습니다.

인연법이 그러했는지 큰스님을 만난 뒤
주오스님은 정말 건강을 되찾았습니다.
주오스님은 한국은 자신을 살려준 곳,
큰스님은 자신에게 새 생명을 준 분이라 여겨
머리를 깎고 출가를 했습니다.

어려서부터 거친 운동을 하고 훈련을 받으며
자신의 한계를 이겨내는 과정을 수없이 겪어왔고,
오랫동안 병으로 고통을 받으며 크나큰 좌절감도 느껴보았고,
또 병이 나은 뒤 건강하게 살아가는 일상의 감사함도 알기에
주오스님은 삶을 대하는 자세가 보통 사람들과는 다릅니다.

주오스님의 마음은 단단하기가 산과 같습니다.
지난 10년 동안 한 번도 화를 내거나
감정을 추스르지 못해 의기소침하거나
슬퍼하는 모습을 본 적이 없습니다.
항상 같은 자리에, 같은 속도로, 같은 모습으로 있습니다.
눈에 보이는 어떤 성과를 내려는 욕심보다는
하루하루 숨 쉬고 살아가는 것에 대한 감사함이 더 깊습니다.

그러니 공사가 이어지는 동안 일하는 분들이 계심에도 불구하고
자신도 돕겠다며 무거운 자재들을 끊임없이 들고 나르고,
자신도 배우겠다며 일하는 분들을 바쁘게 쫓아다니다 보니
주오스님에게는 동티의 기운이 스며들 틈이 없었던 겁니다.

공양주 보살 지연이는
스물세 살에 베트남에서 한국으로 시집온 아기 엄마입니다.
절 식구의 아내로 왔기 때문에 시집온 무렵부터 함께 지내다 보니
우리와의 인연도 벌써 10년이 넘어갑니다.
참으로 착하고 곱고 부지런하고,
어디 한 곳 부족함이 없는 친구입니다.
몸이 가볍고 빨라 두세 사람 몫의 일을 혼자서 다 해내고,
입이 무거워 다른 사람의 말을 전하거나 흉보는 일이 없고,
늘 밝게 웃고 인사를 잘해 절에 오는 사람들은
지연이 덕분에 기분이 절로 좋아집니다.
딱 한 가지 약점이 있다면, 겁이 많다는 것입니다.
주지스님의 큰 목소리에 깜짝깜짝 놀라거나
주지스님이 눈을 크게 뜨면 무서워 겁을 먹는데
아무리 괜찮다고 해도 쉽게 무서움을 타고 놀랍니다.

만일 주지스님이 내게 하듯 지연이에게 욕을 하셨더라면
지연이는 아마 기절할지도 모릅니다.

그런데 어찌 이 친구에게도 동티의 영향이 없었을까 생각해보니
진정으로 겸손하고 마음을 다하는 감사함이 그 이유였습니다.
지연이는 "감사합니다" "죄송합니다"라는 말을 입에 달고 삽니다.
아무 때나 "감사합니다" "죄송합니다" 합니다.
그 모습이 안쓰러워 뭐가 그리 감사하고 죄송하느냐고
그러지 않아도 된다고 매일 말해도 소용이 없습니다.
그녀의 성품이 그러합니다.
배려가 몸에 배어 다른 사람에게 부족한 것이 없는지 챙기느라
식사 시간에도 늘 꼴찌로 밥을 먹고,
퇴근하라 해도 뭐 하나라도 더 하려고 동동거리며 다닙니다.

주지스님의 강한 성품과 주오스님의 단단한 마음,
지연이의 겸손함이 내게는 없었던 겁니다.

그러니 빈둥빈둥 놀고 있는 나에게는
그 기운이 스며들 틈이 많았던 것이지요.

세상에서 가장 이겨내기 어려운 상대는 자기 자신입니다.
그러나 자신을 극복하고 이겨내는 방법이 있으니
바로 강직함, 단단함, 감사함, 겸손함, 성실함이라는 마음입니다.

단지 그것을 흉내 내는 것이 아니라
그것이 나 자신이 될 만큼 진짜여야 합니다.
내 존재가 강직하고 단단해야 하고,
진심을 다해 감사하고 겸손해야 합니다.
하기 싫은 것을 억지로 하는 것이 아니라
마땅히, 당연히 하는 성실함이 있어야 합니다.
그러면 하늘도 돕고 땅도 돕고 사람도 돕고,
결국은 나 자신을 살리는 방법이 됩니다.

농사

우리 절은 예전에는 도심지에 있었습니다.
그러다가 처음으로 자연 속에 자리 잡은 곳이
바로 이곳 경상북도 김천입니다.
줄곧 도시에서만 생활한 우리는 농사를 지어본 적이 없었습니다.

절 주변은 포도밭이고 주민들은 모두 농사를 짓습니다.
새벽 네 시면 일어나 논으로 밭으로 일하러 가고,
오후에는 햇볕이 따가우니 낮잠을 자고,
해가 뉘엿뉘엿 지기 시작하면 다시금 하우스로 일하러 갑니다.
손바닥만 한 땅이라도 있으면 그냥 놀리는 법이 없습니다.
상추, 파, 고추, 당근, 양파, 호박, 가지 등

부지런히 작물을 심어 그걸로 음식을 해 먹습니다.
마트에서 사는 식재료는 육류와 생선뿐입니다.

그러니 그분들이 보기에는 도시에서 온 스님들이
절 마당을 텅텅 비워두는 것이 이해가 안 되었던 겁니다.
새벽에 일 나가면서 한 말씀 하시고,
일 마치고 들어가면서 한 말씀 하시고,
모종과 씨앗을 손수 갖다주고,
이렇게 심고 키우는 거라고 가르쳐주십니다.
그래도 스님들이 꿈쩍하지 않으니
조용히 절 곳곳에 이것저것을 심어놓았습니다.
어느 날엔 절 한 귀퉁이에 수박이 열려 있는 것을 보고
얼마나 놀랍고 신기했던지요.
우리 절이 스스로 수박을 낳은 줄로만 알았습니다.

안 되겠다! 이곳에서 살려면 우리도 농사를 지어야겠다!
주지스님의 청천벽력 같은 말씀에 우리는 농사를 시작했습니다.
무엇을 언제 심어야 하는지, 언제 수확하는지도 모른 채
귀동냥으로 농사를 시작했습니다.

우리의 첫 농사는 아주까리였습니다.
목재 건물에 아주까리기름을 바르면
오래 보존할 수 있다는 말을 듣고 선택한 작물입니다.
통솔자는 주지스님.
"줄 맞춰서 반듯이 심어!"
땀을 삐질삐질 흘리며 다 심고 나니 옆집 할아버지가 오셨습니다.
"아이고, 스님. 아주까리는 자라면 잎이 엄청 커져서
이렇게 바짝바짝 심으면 서로 부딪쳐 클 수가 없어요."
처음에 좀 알려주시지…….
결국 심었던 것을 다 파내고 듬성듬성하게 다시 심었습니다.
그 양이 얼마나 되는 줄도 모르고 씨앗을 다 심었는데,
수확할 때가 되니 정말 어마어마하게 자라나서
동네분들이 도와주셔서 간신히 수확을 마칠 수 있었습니다.

두 번째 농사는 고구마.
고구마는 모종을 사다 심었습니다.
통솔자는 역시 주지스님.

"반듯하게 쭉 심자."
주지스님은 뭐든지 반듯하게 줄을 맞춰야 합니다.
그래서 아무것도 모르는 주오스님과 나, 공양주 보살,
도시 사람들 몇몇이 주지스님 말씀대로 또 열심히 심었습니다.
다 심었을 때쯤 지나가던 어르신이 말씀하셨습니다.
"스님, 고구마는 그렇게 일자로 반듯이 심으면 뿌리 못 내려요.
줄기를 땅속에 길게 눕혀서 심어야 뿌리가 나와요."
결국 우리는 모종을 다시 파서 비스듬히 눕혀 심어야 했습니다.
그리고 고구마가 자라는 동안에는
거름을 많이 주면 좋은 줄로만 알고 넉넉하게 주었습니다.
수확할 때가 되어 고구마를 캐는데
어린아이가 땅에서 나오는 줄 알았습니다.
그렇게 큰 고구마는 태어나서 본 적이 없었습니다.

세 번째는 들깨.
불안하지만 통솔자는 역시 주지스님.
아니나 다를까, 또 줄 맞춰 열심히 심었는데
다음 날 큰스님이 오셔서 보시고는 말씀하셨습니다.
"이렇게 심으면 들깨들이 안 자라.

폭을 넓게, 서로 엇갈리게 심어야 골고루 햇빛을 받지."
주지스님이 모든 일을 잘할 수는 없다는 걸 그제야 알았습니다.
우여곡절 끝에 들깨 수확 시기가 되었습니다.
들깨가 더 여물기를 기다리는데 동네 어르신이 달려오셨습니다.
"스님, 비가 많이 온대요. 깨 다 떨어지기 전에
얼른 베어서 비닐로 씌워놓으세요."
우리는 넓은 들깨 밭을 정신없이 뛰어다니며 베었습니다.
내 키보다 훨씬 큰 들깨들을 애지중지 차곡차곡 쌓았습니다.
다 쌓고 나니 어르신이 와서 보고 말씀하셨습니다.
"이렇게 높게 쌓으면, 해 뜨면 이 안에서 익어서 다 떠요.
넓게 쭈욱 펴세요."
그분은 희한하게 일을 다 하고 나면 알려주십니다.
우리는 높이 쌓은 깨들을 다시 넓게 펴놓았습니다.

마지막으로 깨 털기.
주지스님이 올라가 몇 시간 깨를 털고는 지쳐서
아이고 아이고 하고 내려오면
주오스님이 그다음 올라가서 또 몇 시간 깨를 털고 지쳐서
아이고 아이고 하고 내려옵니다.

그다음에는 공양주 보살이 올라가고……

그렇게 몇날 며칠 깨와 씨름을 하던 참이었습니다.

주지스님의 사촌 오라버니인 충내미 오빠가 방문했습니다.

충내미 오빠는 들깨를 보더니 커다란 빗자루를 하나 들고

설렁설렁 휘리릭 휘리릭 몇 번 돌리고 흔들고 하더니

우리가 일주일간 끙끙거렸던 깨 털기를 말끔히 끝내버렸습니다.

역시 경이롭고 존경스러운 충내미 오빠입니다.

우리는 세 번에 걸쳐 농사의 어려움을 경험하고서

농사짓던 땅 반은 흙을 메워 넓은 주차장을 만들고

나머지 반에는 나무도 심고 꽃과 잔디도 심었습니다.

그리고 아주 작은 땅이 남았습니다.

주지스님은 때가 되자 다시 "들깨 심어야지" 하십니다.

"스님, 제가 들기름 사 드릴게요. 우리 농사는 짓지 말아요."

그러자 "괜찮아, 우리에게는 충내미 오빠가 있잖아" 하십니다.

"한 방울의 물에도 천지의 은혜가 스며 있고
한 톨의 곡식에도 만인의 땀과 정성과
무한한 노고의 공덕이 담겨 있습니다.
은혜로운 이 음식으로 이 몸 길러
몸과 마음 바로 하여 바르게 살겠습니다.
공양을 베푸신 분들께 감사드리며
주는 기쁨 누리는 삶이기를 서원하며
감사히 이 공양을 들겠습니다."

공양을 하기 전에 올리는 기도입니다.
한 톨의 곡식에도 만인의 땀과 노고와 공덕이 담겨 있음을,
한편으로는 우리처럼 땀과 노고와 공덕을 쏟아도
한 톨의 곡식도 수확하지 못할 수 있다는 것을
농사를 지어보고 나서야 알았습니다.

사람은 자신이 잘하는 일을 할 때 가장 빛이 납니다.
한 톨의 곡식이 무척이나 소중하고 감사합니다.

잔소리

절 생활을 하면서 가장 힘든 건
수행도, 기도도, 법회도, 신도도 아닌
주지스님의 잔소리입니다.
잔소리가 얼마나 차지고 야무진지 틈을 주지 않습니다.
어쩌다 내가 잔소리에 토를 달면 곧장 더 큰 소리가 돌아옵니다.
"가르쳐주려 하면 배워야지! 사람이 살면서 그 일도 안 하냐!"
계속 대꾸했다간 어떤 말이 이어질지 알기에
꾹꾹 참는 수밖에 없습니다.

주지스님은 마음을 꿰뚫어보는 타심통도 있습니다.
내가 어금니 꽉 물고 웃는 얼굴로 "네" 해도

"저거 저거 속으로 딴생각 하는고만" 하십니다.
또 보이지 않는 곳까지 내다보는 천리안도 있어서,
내가 뒤에서 구시렁구시렁해도 "선명아! 다 들린다!" 하시니
주지스님의 굴레에서 벗어날 수가 없습니다.

주지스님은 모든 것이 반듯해야 합니다.
옷을 위아래 깔끔하게 맞춰 입어야 하는 것은 기본입니다.
밥상에는 숟가락과 젓가락이 반듯하게 놓여야 하고,
반찬을 놓을 때도 식재료의 색깔을 고려해
좌우대칭을 이루도록 보기 좋게 놓아야 합니다.
절 마당에 있는 작은 바위들이 멋대로 놓인 것이 못마땅해서
돌 머리를 낑낑거리며 끌어다 반듯하게 놓은 적도 있습니다.
봄에 농사를 지을 때도 모종들이 줄이 삐뚤게 심겨 있으면
다시 다 뽑아서 줄을 맞춰 반듯하게 심어야 합니다.
하루는 밭에 들어가 마치 거실 바닥 청소하듯
밭고랑 사이를 빗자루로 유유히 쓸고 계시는 모습을 보고

할 말을 잃은 적도 있습니다.

사실 나도 순하지 않아서
주지스님에게 툴툴거리고 잔머리 굴리며 꾀를 부리지만,
아무리 열심히 맞서 싸워도 주지스님은 워낙 고수여서
매번 혹 떼려다 도로 붙이게 됩니다.
반나절도 못 가서 두 손 들고
"잘못했어요. 다시는 안 그럴게요" 합니다.
이렇듯 잔소리가 얼마나 괴로운지 잘 알기에
나는 누구에게도 잔소리하지 말아야지, 다짐하곤 합니다.
그런데 나도 결국 잔소리를 합니다.
그렇게 싫어하고 싫어하는 그 잔소리를 내가 하고 있습니다.

절에 단청 작업이 있었습니다.
나무로 지어진 법당을 오래 보존하기 위해
여러 빛깔로 무늬를 그리며 칠을 하는 작업을 단청이라 하는데,

이것은 스님들에게는 평생에 한두 번 있을까 말까 한,
의미가 아주 큰 일입니다.
그 귀한 일을 할 때는 단청 작업 하시는 분들의
공양, 간식, 청소, 빨래를 정성껏 챙겨드려야 합니다.
열 분의 식사를 하루 세 번, 간식을 두 번,
한아름 쏟아지는 빨래와 청소를 쉴 틈 없이 하다 보니,
단청이 진행되는 두 달 동안 정신이 없었습니다.
돌아서면 밥하고, 돌아서면 간식 챙기고, 또 밥하고…….
그러는 새에 나도 예민해지고 지쳤던가 봅니다.
나보다 어린 공양주에게 자꾸 잔소리를 하는 겁니다.
그것도 반찬 놓을 때 색 맞춰 놓기, 수저 반듯하게 놓기,
이런 잔소리를 말입니다.
배운 게 도둑질인 것이지요.

그동안 주지스님은 잔소리를 하고
나는 그 잔소리를 듣는 이들을 다독이다 보니,
자연스럽게 주지스님은 시어머니 역할을 하고
나는 좋은 말만 하고 위로해주는 역할을 해왔습니다.
내 역할이 그러하다 보니 사람들은 나를 더 편하게 생각했고,

스스로 나는 이해심이 많고 좋은 사람이구나,
내 역할이 진짜 내 모습인 줄 알았던 겁니다.
상황의 내가 있고, 역할의 내가 있다는 것을 알게 되었습니다.
이해심 많고 좋은 사람인 내 모습은
그럴 수 있는 상황에서만 유지되는 것이었습니다.

주지스님의 잔소리는
살림을 이끌어야 하는 이의 애달픔이자
책임져야 하는 이의 고단함,
어린 스님들을 가르쳐야 한다는 간절함이었습니다.

어느 자리에서 어떤 역할을 하고 있는지,
위치와 직분에 따라 좋은 사람의 기준은 각기 달랐습니다.
절대평가가 아닌 상대평가를 해야 하는 것이었습니다.

각자에게 알맞은 일

안 보살님은 음식을 잘합니다.
절에 오면 자연스럽게 공양간으로 가 음식 재료부터 챙기고
몇 분이 식사를 하든 무엇을 만들어야 하든
뚝딱뚝딱 음식을 하십니다.

김 보살님은 농사를 잘 짓습니다.
쭈그리고 앉아 무얼 하시나 싶으면
그 자리에 상추, 아욱, 시금치가 심겨 있고,
또 저기에서 무얼 하시나 싶으면
가지, 당근, 호박이 한 소쿠리 담겨 있습니다.
모종을 언제 심어야 하는지, 거름을 얼마나 줘야 하는지,

수확은 어떻게 해야 하는지에 대해 척척박사여서
절에 오시면 얼굴 한번 빼꼼 비추고는 어느새 밭에 가 계십니다.

이 보살님은 절에 오면 화장실 청소부터 합니다.
반짝반짝 빛이 날 만큼 청소한 다음
절 여기저기에 있는 휴지통을 비우고 분리수거를 하고,
휴지통을 물로 싹싹 닦아 햇볕에 쭈욱 말려놓습니다.

재미있는 점은,
안 보살님은 주방으로만 가고
김 보살님은 밭으로만 가고
이 보살님은 화장실로만 간다는 것입니다.
안 보살님이 화장실 청소를 하는 일은 없고,
이 보살님이 음식을 만드는 일은 없습니다.

사람마다 자신에게만 유독 잘 보이는 것이 있나 봅니다.

내게 채소들이 심겨 있는 밭은 하나의 풍경일 뿐
밭에 들어가 흙을 만져야겠다는 생각은 도무지 들지 않듯이,
책들이 낡아 표지가 떨어지는 것은 오직 내 눈에만 보여
책 표지 붙이는 일은 수년째 나의 일이듯이,
그 사람 눈에만 보이는 공간이, 일이, 사건이 있습니다.

서로 잘 보이는 부분이 다릅니다.
그러니 각자 잘 보이는 일을 하면 됩니다.
그것만으로도 일상 속의 사소한 다툼,
서로에 대한 서운함이 줄어들 수 있습니다.

나의 존재 의미

폭염주의보가 내린 어느 여름날 오후 두 시,
가만히 계시지를 못하는 주지스님이 "들깨 심자" 하십니다.
거센 반대에도 아랑곳하지 않고 장군처럼 앞장서시니
아랫사람들은 그저 줄줄이 따라갈 수밖에 없지요.

"우리 그냥 아무것도 안 심으면 안 될까요?" 하니
"그럼 너는 왜 태어났니……" 하십니다.

에프킬라

주오스님이 일하는 내내 주지스님이 곁에 서 계신 모습을 보니
그것이 또 마음에 걸립니다.
뜨거운 햇볕 아래 서 계시는 주지스님에게
안으로 들어가시라고 아무리 말씀드려도 소용이 없어
"일도 안 하시면서 자꾸 밖에 나오지 마세요.
사람들 일하는 데 방해돼요" 하니
주지스님이 마침 손에 들고 있던 에프킬라를 내게 뿌리십니다.
그러면서 모처럼 아주 환하게 웃음 지으셨습니다.
어쩜 그리 즐거워하실까요.
주지스님이 나를 어떤 존재로 생각하는지
알 수 있었습니다.

잡초 뽑기

봄부터 가을이 오기 전까지 나의 소임이 하나 있습니다.
바로 잡초 뽑기입니다.
주지스님은 나이가 드셨고,
외국인인 주오스님은 좌식이 익숙지 않아 쭈그려 앉지 못하고,
공양주 보살은 그것 말고도 절에서 할 일이 많으니
잡초 뽑기는 늘 내 몫입니다.

분명 뽑았는데 돌아보면 금세 쑥 자라 있는 잡초,
새벽에는 없었는데 저녁에 마당에 나가보면 또 자라 있습니다.
잡초를 뽑고 사흘만 지나도 다시금 풀들이 고개를 듭니다.
나는 잡초를 뽑다 지쳐 주오스님에게 제안을 했습니다.

"주오스님이 마당에 제초제를 뿌려주면
내가 주오스님 숙제를 대신 해줄게요. 어때요?"
주오스님은 잠시 고민에 빠졌습니다.
어려운 숙제를 하느라 끙끙거리던 참이었으니
숙제 대신 제초제를 뿌리는 것이 훨씬 편한 일일 텐데도
주오스님은 선뜻 제초제를 선택하지 못합니다.
제초제를 뿌려 땅을 오염시키는 것이 싫었기 때문이지요.
하지만 숙제를 안 해도 된다는 유혹은
주오스님의 신념을 무너뜨릴 만큼 강렬했습니다.
마침내 주오스님은 제초제를 뿌렸습니다.

이제 잡초들이 죽기만 기다리면 되는데…….
이상하게도 이틀이 지나도록 잡초들이 멀쩡했습니다.
잎 끝만 살짝 말랐을 뿐, 아주 파릇파릇 버티고 있었습니다.
아! 주오스님에게 또 속았습니다.
땅에 해로울까 봐 물을 잔뜩 섞어 제초제를 뿌린 것입니다.
"일주일 있다가 서서히 죽는 약을 뿌렸어요."
주오스님은 숙제는 이미 받았겠다,
의기양양하게 말도 안 되는 소리를 합니다.

결국 나는 두 팔을 걷어붙이고
구시렁구시렁하며 잡초를 뽑기 시작했습니다.
잡초 뽑기는 처음 30분만 잘 참으면 됩니다.
30분이 지나면 신기하게도 잡초 뽑기 삼매경에 듭니다.
기도할 때 일정 시간이 지나면 고요해지고 편안해지는 것처럼
잡초 뽑기도 일정 시간이 지나면 마음이 편안해집니다.
아마도 마음을 내려놓는 데 걸리는 시간이 30분인가 봅니다.
나중엔 툴툴거린 것이 부끄럽게도 신나게 잡초를 뽑습니다.

그렇게 흙을 만지고 있다 보면
복잡한 생각들이 정리되고, 왠지 모를 위안까지 느껴집니다.
흙이 나보다 훨씬 더 너그럽기 때문이겠지요.
크기도 나보다 크고, 지닌 성질도 나보다 선하고,
생명을 키워내는 힘도 나보다 어마어마하게 강하니
흙에게 위로받는 것은 자연스러운 일입니다.

사람들이 자연에서 위안을 받을 수 있는 건
조용하고 너그럽고 거대한 기운,
사람에게서는 느낄 수 없는 기운을 느끼기 때문입니다.

두 시간쯤 절 마당을 왔다 갔다 하면서 잡초를 뽑으니
절 마당이 아주 깨끗해졌습니다.
깨끗해진 마당을 보니 그제야
마주 보기 싫었던 내 속마음이 보였습니다.
꾀를 부리고, 남 탓을 하고,
결국은 떠밀려 억지로 일할 것이 아니라
고작 두 시간만 애쓰면 되는 것을.

그냥 처음부터 내가 하면 되는 일이었습니다.

아주 커다란 다람쥐

절에는 꼬마 손님들이 많이 오기 때문에
아이들이 좋아하는 과자를 늘 준비해둡니다.
그런데 과자를 사다놓으면 하루를 넘기지 못하고 사라집니다.
식탁, 책상, 탁자, 서랍 어디에 두든
몇 시간만 지나면 귀신같이 사라집니다.

범인은 주오스님입니다.
"여기 있던 과자 어디 갔어요?" 물어보면
입가에 과자 부스러기가 붙은 주오스님이 이렇게 대답합니다.
"아주 커다란 다람쥐가 다녀갔어요."
커다란 다람쥐…… 주오스님의 키는 188센티미터입니다.

설거지

절에는 식구가 많아서 설거지도 양이 어마어마하게 많습니다.
설거지만 십수 년.
우리 절에서 설거지는 내가 제일 빨리 해서 주로 내 몫입니다.
설거지를 끝도 없이 하다 허리가 끊어지게 아파올 때면
나 자신에게 주문을 겁니다.

"나는 지금 세상에서 제일 중요한 일을 하고 있다.
세상에 이보다 더 중요한 일은 없다.
이걸 다 하지 못하면 지구가 끝난다."

그렇게 주문을 걸고 나면

어디서 힘이 솟아나는지 허리가 다시금 멀쩡해져서
설거지를 끝까지 해낼 수 있습니다.

허리는 절대 끊어지지 않는 것이니,
단지 하기가 싫었던 것이지요.
중요하지 않은 일이라고 생각해서 허리가 더 아팠던 겁니다.

근기

근기를 키울 때 좋은 방법이 있습니다.
가부좌를 틀고 몇 시간씩 기도하는 것보다
더 빠르고 효과적인 방법이 있습니다.
바로 내가 가장 못하는 일을 반복적으로 하는 것입니다.

가장 못하는 일은 가장 하기 싫은 일이기도 하지요.
도저히 못할 것 같은 일.
정말 어려운 일.
조금도 하고 싶지 않은 일.

하기 싫은 일을 하려고

자신을 수백 번 타이르고,

온 힘을 다해 마음을 일으켜 세우고,

짜증을 억누르고 죽을힘을 다하는 그 순간

그때 나의 근기, 정신력이 커집니다.

몸은 음식과 운동으로 단단해지지만

정신력은 내가 쏟아붓는 힘으로 커집니다.

가장 못하는 일을 해내기 위해 힘을 쏟다 보면

쏟아붓는 힘만큼 나도 자라게 됩니다.

자신과 타협을 자주 하고 하기 쉬운 일만 하는 사람일수록

자기 자신을 이겨본 적이 없기 때문에,

수백 번, 수천 번 자신을 다스려본 적이 없기에

근기와 정신력이 약합니다.

내 눈빛이 살아서 빛이 나는지 흐리멍텅한지 확인해보세요.

어깨를 쫙 펴고 있는지, 자세가 바른지 살펴보세요.

"아니요", "싫어요", "못하겠어요"라는 말을 자주 하는지
"좋습니다", "할 수 있어요"라는 말을 자주 하는지 생각해보세요.
말을 할 때 배에 힘을 주고 자신 있게 말하는지
아니면 작은 목소리로 말끝을 흐리지는 않는지
주의 깊게 바라보세요.

나의 모습을 매일 확인하는 겁니다.
나의 자세를 바르게 하는 것부터
나 자신을 일깨우는 겁니다.

잘하는 것 하나, 못하는 것 하나

주오스님은 우리 절에서 가장 성실하고
항상 노력하는 바른 수행자입니다.
일정한 속도로 쉼 없이 공부하고,
곳곳에 주오스님의 손길이 안 닿는 곳이 없습니다.
새벽 네 시부터 밤 열 시까지 종일
공부하고 기도하고 울력을 합니다.
너무 고단해 보여 "좀 쉬세요" 해도
"이건 놀이예요. 일하는 게 아니에요"라고 합니다.
눈썰미가 좋아서 농사짓는 것을 한번 보고 나면
다음 해에는 혼자 농사를 짓고,
무언가 만드는 모습을 보면 금세 그것을 보고 배워

의자도 만들고, 탁자도 만들고,
그림도 그리고, 자동차도 고치고
못 하는 것이 없습니다.

마음 또한 단단하여
화를 내거나 슬퍼하거나 힘들어하는 감정의 변화도 없고,
선한 성품으로 모두에게 친절하고 긍정적이니
수행자가 갖춰야 하는 모습을 다 갖췄다 느껴집니다.

그런데 딱 한 가지, 못 하는 것이 있습니다.
수마장睡魔障입니다.
참을 수 없이 졸음이 쏟아지는 것을 수마장이라 하는데,
끈기도 참을성도 강한 주오스님이
그것만큼은 극복하지 못하는 것을 보면
그건 마귀의 방해, '마장'이라는 표현이 맞습니다.

주오스님은 늘 잠이 부족합니다.
고요한 법당에서 기도를 하면
졸음을 이기지 못해 꾸벅꾸벅 졸곤 합니다.

그러면 뒤에서 함께 기도하는 분들께 미안하고 민망하여
"몸이 안 좋으면 차라리 기도 시간에 참석하지 마세요.
기도 시간에 스님이 앞에서 졸고 있는 건 엄청난 실례입니다"
라고 말해도 굳이 참석을 해서는 앞에서 꾸벅거립니다.

그러면 사람들이 안 볼 때 목탁채로
주오스님 옆구리를 푹 찌르는 수밖에 없습니다.
푹 찌르면 화들짝 놀라서 눈을 껌벅거리는 모습에
나는 또 웃음이 터져버립니다.
옆구리를 찌르고, 놀라서 깨고, 웃음을 참고,
이것이 무한 반복됩니다.

말을 해도 안 되고, 혼을 내도 안 되고,
심각하게 의논을 해도 안 되니
주지스님은 주오가 수마장에 걸렸다, 하십니다.
그 단계를 뛰어넘어야 다음 공부를 할 수 있다 하시는데
그게 벌써 3년째입니다.

나는 주오스님과 반대입니다.
수행자의 자질이 많이 부족합니다.
감정 변화가 많아 슬펐다 기뻤다 우울했다 감정이 춤을 춥니다.
좋고 싫음이 뚜렷해서
좋아하는 인연에게는 한없이 친절하고,
낯선 인연에게는 가까이 다가가지 않으려 합니다.
꾸준히 성실하게, 열심히 하는 끈기도 부족해서
쉽게 지치고 쉽게 포기합니다.

흙 만지는 걸 싫어해서 농작물이 있는 밭에는 들어가지도 않고,
태생적으로 잔머리를 타고나서
힘든 울력이 있으면 자연스럽게 그 상황을 피하고
고집이 세서 어른 스님들 말도 잘 안 듣습니다.
아직도 절집은 심심하고 절 밖은 재밌습니다.
가만있어라 하면 움직이고, 멈춰라 하면 달리고,
우리 절에서 말 안 듣기로 일등입니다.

그런데 딱 한 가지,

기도할 때만큼은 온 마음, 온 정성, 온 힘을 다해 집중합니다.

법당 안에서의 모습만 보면

사람들은 나를 보고 수행 잘하는 스님이라 생각하겠지요.

그런데 수행은 진실로 주오스님이 잘합니다.

주오스님은 스물네 시간 중 기도 시간에 조는 두 시간 외에

나머지 스물두 시간을 수행자답게 살고,

나는 스물네 시간 중 기도 시간 두 시간 외에

나머지 스물두 시간을 수행자답지 않게 삽니다.

그러니 내가 본 것, 보이는 모습이 전부는 아닙니다.

가끔 그런 생각을 합니다.

교만하지 말고 끊임없이 자신의 부족함을 깨달으라고

한 사람에게 한 가지씩 부족함을 주셨나 보다.

나는 못하고 상대방이 잘하는 모습을 보면서
서로 존중하고 도우며 살라고
한 사람에게 잘하는 것 하나, 못하는 것 하나
그리 공평하게 주셨나 보다, 라고요.

내가 못하는 것을 주오스님이 잘하고
주오스님이 못하는 것을 내가 잘합니다.
우리가 못하는 것을 주지스님이 잘하고
주지스님조차 못하는 것을
우리 절 막내 공양주 보살님이 잘하기도 합니다.

아버지처럼 살아봤으면

“나도 속가 아버지처럼 살아봤으면 좋겠다.”

가끔 농담을 합니다.

우리 아버지는 하고 싶은 일은 다 하십니다.

운동 가고 싶으면 운동 가고,

여행 가고 싶으면 여행 가고,

소리 지르고 싶으면 소리 지르고,

하고 싶은 대로 거침없이 다 하시는 분입니다.

막상 아버지는 “나도 너처럼 살아봤으면 좋겠다” 하십니다.

고요하고 싶으면 고요하고,

자연 속에 있고 싶으면 자연 속에 있고,

단순하고 싶으면 단순해질 수 있는
나의 모습을 부러워하시는 겁니다.

사람은 모두 자신이 지니지 못한 모습을 부러워합니다.
나는 아버지가 지닌 자유로움이 부럽고,
아버지는 내가 지닌 가벼움을 부러워합니다.

아버지의 삶 속에 어찌 자유로움만 있을까요.
자유로움을 누리기 위해 더 큰 짐을 감당해야 하는 무게가
반드시 있습니다.

나의 삶 속에 어찌 고요함과 단순함만 있을까요.
그러기 위해 수십 가지 감정을 매 순간 절제해야 하고,
늘 나 자신과 줄다리기해야 하고,
마음처럼 잘 다스려지지 않아 안간힘 쓰는 일상이
반드시 있습니다.

사람은 자신이 지니지 못한 부분에 대한
갈망과 목마름을 지니고 삽니다.
다른 이의 삶에 들어가봐도 나의 삶과 크게 다르지 않습니다.
좋은 것도 있고, 좋지 않은 것도 있고,
쉬운 것도 있고, 고통스러운 것도 있습니다.
부러운 이의 삶에 들어가봐도
그 삶에 또 다른 고통과 아픔, 애환이 있습니다.

그러니 부러워할 일이 아닙니다.
내가 만들어낸 인생이기에,
나의 삶이 가장 좋은 삶입니다.

흙이 주는 위로

넓은 마당에서는 잡초가 어디어디에 있는지
한 번에 다 보기가 어렵습니다.
몸을 좌우로 움직여도 시야가 180도밖에 안 되니 그렇지요.
이럴 땐 나만의 방법이 있습니다.

처음에는 동쪽에서 서쪽으로 걸어가면서 잡초를 뽑고,
그다음에는 북쪽에서 남쪽으로 걸어가면서 잡초를 뽑고,
마지막으로는 대각선으로 걸으면서 잡초를 뽑는 겁니다.
그렇게 몇 번을 다른 방향으로 왔다 갔다 하다 보면
마당의 잡초를 남김없이 다 뽑을 수 있습니다.

사람의 시선이 그러합니다.

분명 다 본 것 같은데,

그 길을 지나오면서 정확하게 다 본 것 같은데

보지 못한 것이 있습니다.

보이는 곳만 보이고,

딱 한 뼘 차이 나는 곳에 있는 것은

보지 못하고 지나칩니다.

작은 절 마당조차 한눈에 다 바라보지 못하니

세상을 바라보는 시선도

내 눈에 딱 보이는 것만큼만, 내가 아는 만큼만,

걸어온 길만큼만 보이는 것이겠지요.

힘들다 힘들다 하면서도

어김없이 시간이 되면 잡초를 뽑으러 마당으로 나가는 이유는

흙이 소리 없이 가르침을 주기 때문입니다.

"싸우지 말아라.
네가 옳은 것도 그가 틀린 것도 아니고
서로 바라보는 시선이 다를 뿐이다.

겸손해져라.
네가 아는 것이 전부인 것 같아도
세상의 한 모서리만큼도 바라보지 못했다.

너그러워져라.
세상에 이해하지 못할 것은 없으니
이해하고자 마음만 먹으면 무슨 일이든 이해할 수 있다.

강해져야 한다.
진정으로 강해져야 고요하게 홀로 있는 것이 두렵지 않다.

보이는 것만 믿지 마라.
세상의 중요한 것은 눈에 보이는 것보다
보이지 않는 것이 더 많으니."

마음에 자꾸 서운함이 생겨
옆에 있는 사람과 옳고 그름을 따지게 된다면
절에 와서 잡초를 뽑아보세요.

오직 나만 맞는 것 같고
나만 잘하는 것 같은 자만심이 생긴다면
절에 와서 잡초를 뽑아보세요.

자꾸만 사람이 미워지고 세상이 원망스러워질 때,
사는 것이 서글퍼질 때도
절에 와서 잡초를 뽑으면 됩니다.

나보다 아주 큰 흙을 만지며
땅에 코를 박고 한참을 쭈그리고 앉아 있으면
땅이 모든 것을 치료해줄 겁니다.
흙이 모든 것을 위로해줄 겁니다.

3부

오래된 아픔을 꺼내보세요

아픔도 추억이 될 수 있다면

지난 시절을 돌이켜볼 때
그때의 상황이나 모습은 잘 기억이 나지 않습니다.
단지 좋았다, 행복했다, 아팠다, 힘들었다…… 하는
그때의 느낌만이 기억납니다.

오래전 음악을 들으면 그 음악이 흐르던 시간이 기억나고
익숙한 향기를 맡으면 그 향기에 떠오르는 시절이 있듯이
지난 시간을 돌이켜보면 그 시간의 기억보다는
그 시절의 느낌이 먼저 떠오릅니다.
그 사실을 알고 난 뒤로는
순간순간 좋은 느낌을 가지려고 노력합니다.

다투지 말자.
훗날 우리가 다툰 사건은 기억나지 않아도
다투며 아팠던 이 느낌만은 기억날 것이니.

화내지 말자.
훗날 내가 왜 화를 냈는지는 기억나지 않아도
내가 화를 내며 느꼈던 그 느낌은 기억날 것이니.

나와 힘들었던 인연.
내가 화를 냈던 장소.
내가 느낀 버거움.

그래서 다듬고 다듬어
좋은 느낌을 가지려고 노력합니다.
지금 이 느낌이 훗날
나의 과거가, 추억이, 기억이 됩니다.

스님을 뵙고

나의 슬픔이 어디서 오는지 알게 되었습니다.

나는 너무 빠르게 움직이고 있었습니다.

나는 너무 가벼웠습니다.

새알 옹심이 미역국

며칠 감기로 꽁꽁 앓아누웠습니다.
어찌 아셨는지 보살님이 새알 옹심이 미역국을 끓여다 주셨습니다.
"스님, 이거 드시고 얼른 일어나세요."

나의 감기는 마음에서 온 병이었습니다.
원래 오장육부에도 다 감정이 있어서,
화를 내면 간이 상하고
생각을 너무 깊이 하면 비위가 상하고
두려움이 많으면 신장이 상하고
슬픔이 머물면 폐를 상하게 하는데,
슬픔이 머물다 감기가 생긴 것이었지요.

사람에 대한 실망,
내가 스님이면서도 그것을 소화하지 못하고
실망감을 그대로 느끼는 나 자신이 못마땅했던 것입니다.
그런 감정을 오래 지니고 있다 보니
결국 몸에 병이 났습니다.

일어나 미역국에 하얗게 떠 있는 옹심이를 먹고 있자니
금세 땀이 났습니다.
골골이 구멍 난 마음을 그 동그란 것이 채워주는 듯했습니다.
그래서 할머니는 침을 맞고 나면 뼈골을 메워야 한다고
옹심이를 먹어라 하신 것이었나 봅니다.

주지스님은 음식에 대해 자주 이야기합니다.
"음식 끝에 정이 생기고, 음식 끝에 정이 난다.
그래서 정성과 손이 많이 가는 음식일수록 맛있는 거다."

절에서 음식 준비를 하다 보면
하루 종일 나물만 다듬는 날도 있습니다.
나물은 어찌나 손이 많이 가는 음식인지요.
땅에서 캐서 씻고 삶고 물을 꼭 짠 다음
그늘에 말려 보관해두었다가,
먹을 때는 말린 것을 다시 뜨거운 물에 몇 시간 불려
억센 부분을 일일이 다듬은 뒤에
들기름과 소금, 간장을 넣고 볶아야 식탁에 오를 수 있으니까요.
나는 나물 다듬는 일을 세상에서 가장 지루한 일,
시간 아까운 일로 여겨 툴툴거리곤 했습니다.

그런데 오늘 옹심이 한 그릇 덕분에
음식 끝에 정이 난다는 그 정성의 힘을 알게 되었습니다.
열흘 동안 약도 소용 없이 끙끙 앓기만 했는데
옹심이 한 그릇을 먹고 나니 기운이 돌았습니다.
그 안에 담긴 마음 덕분이겠지요.

내가 다른 누군가에게 서운한 감정이나 실망을 느꼈다면
아마도 내가 그에게 준 정성을 기억하기 때문일 것입니다.

"내가 줬다"라는 그 기억이 없으면
서운할 일도 상처받을 일도 없을 테니까요.
늘 말없이 계시던 보살님이 옹심이를 끓여 오시면서
'내가 스님에게 이것을 해줬다'라고 생각하셨을까요?
아마…… 그러지 않으셨을 겁니다.

그제야 알았습니다.
그동안 나도 누군가에게 헤아릴 수 없을 만큼
많은 정성과 마음을 받고도
그것을 모두 기억하고 소중히 생각하기보다는
그저 스쳐 지나가며 잊고 살아왔다는 것을요.
받은 마음은 다 기억하지도 못하면서
주는 마음은 어찌 그리 잊지 않고 새기고 있던 것일까요.

속이 다 채워지게 옹심이를 먹고 법당에 가만히 앉았습니다.
어리석음에서 오는 슬픔은 이제 가라…….
깊게 숨을 쉬어 슬픔을 몸 밖으로 내보냈습니다.

"많이 아는 사람이 용서를 더 잘한다"라는 말이 있습니다.

많이 알수록 지식과 지혜와 경험 속에서
이해의 폭이 더 커지기 때문이겠지요.
많이 안다는 것은, 자신에게 시선이 멀어지는 것이 아니라
자신에게 시선이 더 가까워진다는 뜻일 겁니다.

동글동글 옹심이가 둥글게 살라 합니다.
모질지 말고, 모나지 말고,
동글동글 살라 합니다.

헤어짐의 예의

나의 부모님은 내가 열두 살 때 이혼하셨습니다.
가족이라는 이름으로 함께 사는 것을 당연히 여기다
이혼 서류 한 장으로 더 이상 가족이 아니게 되었습니다.

아픔을 해석하는 법을 몰랐던 열두 살에는
부모님이 이혼했다는 사실보다
그 과정을 보고 듣고 경험하는 것이 고통스러웠습니다.
고통을 꾹꾹 눌러 참는 법밖에 몰랐습니다.
그래서 10대에는 방황했고,
20대에는 또 다른 모습의 슬픔들이 우울증으로 나타났습니다.

그래도 복이 많아 스님이 되어 살면서
다른 사람들보다 좋은 말을 더 많이 들을 수 있었고,
나 자신을 마주 볼 수 있는 시간이 많았고,
삶의 고통을 해석해볼 수 있는 기회가 많았습니다.
그래서 아픔을 스스로 치유할 수 있었습니다.

이혼은 부끄러운 일도 아니고,
자신이 무너지는 일도 아닙니다.
인연이 다하면 헤어질 수 있습니다.
세상을 살다 보면 죽고 사는 일도 있는데
죽지 않고 살면 되는 거지요.
한평생 서로를 아프게 하고 원망하며 사는 것보다
헤어지더라도 각자의 삶을 지키며 사는 것이
더 현명합니다.

다만 그 과정이 중요합니다.

만남에 지켜야 할 예의가 있듯
헤어짐에도 반드시 지켜야 할 예의가 있습니다.
상대에 대한 최소한의 예의,
자신의 인격까지 무너뜨리는 모습은
보이지 말아야 합니다.

자신의 미움과 원망을 바닥까지 보이면서
인간에 대한 최소한의 예의마저 지키지 않는다면
그 통증이 모두를 망가뜨립니다.
자기 자신마저도요.

자녀가 있다면 더더욱 그런 험한 모습을 보이지 말아야 합니다.
부모가 서로 욕을 하고, 폭력을 쓰고,
서로 물고 뜯으며 싸우는 모습을 보게 되면
아이들은 그 기억을 아주 오랫동안 지니고 살아야 합니다.

헤어질 인연이라면 욕하지 않아도 헤어지게 됩니다.
인연이 다하면 서로 죽을 만큼 아프게 하지 않아도
헤어지게 됩니다.

가족이라는 이름은 쉽게 만들어지는 것이 아니지요.
그 이름을 놓을 때에도 최선을 다해야 하는 겁니다.
헤어진 후에도 각자 사람답게 살아갈 수 있게,
부모가 노력했던 모습을 아이들이 기억하며 살 수 있게,
사랑할 때처럼 최선을 다해 예의를 갖춰 헤어져야 합니다.

평온이 앉는 속도

다른 이의 아픔을 들어줘야 하는 수행자가
정작 자신의 마음을 운운한다는 것은 부끄러운 일입니다.
그러면서도 결국 다 담지 못하여
흘러내리는 마음을 이야기합니다.

요즘 슬픔이 머물렀습니다.
그 슬픔이 어디서 온 것인지,
무엇으로 인한 것인지 생각하기 번거로워
그저 내가 삼재라서 그렇다,
혼잣말을 했지요.
삼재라서 역동하는 기운을 나는 슬픔으로 느낀다.

슬픔에 크게 동요하지 않기 위해
그렇게 작은 의미를 주었습니다.

유난히 슬픔의 기운이 강한 어느 날
스님 한 분을 뵈었습니다.
느릿…… 느릿…….
걷는 속도가 어찌나 느린지
스님 뒤를 따라가다 몇 번이나 걸음을 멈추고
스님과 간격이 생기기를 기다려야 할 정도였습니다.

스님들의 먹물 옷에서는 걸을 때 작게 소리가 납니다.
사각, 사각, 사각…….
내가 걸을 때는 승복이 스치는 소리가
사각사각 사각사각 이리 들리는데
그 스님의 옷깃 스치는 소리는 너무나 느려서
사아아아…… 하고 들렸습니다.

'각'까지는 들리지도 않았습니다.
절은 또 어찌나 천천히 하시던지요.
고요하면서도 무게가 느껴지지 않는 솜뭉치처럼
아주 느리면서도 가벼웠습니다.

얼굴이 하얗고 키가 큰 스님 모습이
마치 백곰 같았습니다.
천천히 꿈벅이는 눈을 바라보니 웃음이 나왔습니다.
그리고 그대로 평온해졌습니다.

이 평온은 무엇인가.
어디서 오는 것인가.

스님을 뵙고
나의 슬픔이 어디서 오는지 알게 되었습니다.
나는 너무 빠르게 움직이고 있었습니다.

눈으로 보는 순간 생각하고,
생각하는 순간 마음에 담고,

마음에 담은 순간 분별하려 하고,

분별하는 순간 몸이 움직이니……

나는 왜 그리 빠르게 움직였을까.

내가 너무 얕았구나.

먹물 옷을 입고, 나물 반찬 먹고,

늘어지는 염불 소리를 듣고,

물을 보고 나무를 보고 별을 보고 살면서

그럼에도 불구하고 나는 너무 가벼웠습니다.

문의 크기

"스님, 저는 출가를 하고 싶은데
그 일이 다른 가족에게 상처가 될 것 같아 고민입니다."
한 법우님이 고민을 털어놓았습니다.

문을 열고 들어갈 때,
문의 크기가 작으면
몸을 구부정하게 움츠리고 들어가야 합니다.
만일 문이 크고 넓다면
허리를 꼿꼿이 펴고 여유롭게 들어갈 것이며,
문이 더 크다면
다른 사람들과 함께 손을 잡고 들어갈 수도 있겠지요.

문의 크기는 내가 만드는 것입니다.
출가를 한다는 것,
자신을 갈고 닦기 위한 수행 길에 들어서는 것은
진정 기쁜 일입니다.
자신에게 당당하지 못하고 슬픈 일이라 생각하면
그 문이 좁아 나조차도 구부정하게 기어 들어가야 합니다.
좁은 문으로 들어가며 가족들이 상처받을까 걱정하는 것입니다.

자신의 문 크기를 키우세요.
큰 문으로 다 같이 허리 꼿꼿하게 펴고
여유롭게 들어가는 겁니다.

지금은 통과 중입니다

"하늘과 땅 사이,
처음과 마지막 그 중간 어디쯤.
긴 삶 속의 시간과 공간 중 한 시점."

마음이 힘들 때는 주문을 외웁니다.
중얼중얼 세 번 반복해서 되뇌어봅니다.

하늘과 땅 사이,
시작과 끝 그 중간 어디쯤.
어느 한 순간, 어느 한 시점, 어느 한 찰나를
나는 지나가고 있다.

전체가 아니고 전부가 아닌,

그저 한 시점을 지나가고 있다.

이렇게 천천히 세 번 반복하다 보면

어느새 두려움이 사라집니다.

그리움과 배고픔

그리움과 배고픔과 서러움은
서로 닮은 마음일까요?

늘 셋이서 같이 왔다가
같이 머물고 같이 떠나갑니다.

그래서 서러운 마음이 들면
먼저 밥을 먹습니다.

배 속이 든든하면
마음에도 힘이 생깁니다.

수행

잘 참지 못하고 견디지 못하는 인연에게는 이렇게 말합니다.
"견뎌내야 합니다. 이겨내야 합니다. 참아야 합니다."

수없이 참고 견디는 일을 반복하는 분께는 이렇게 말합니다.
"충분합니다. 이제 그만하셔도 됩니다. 그만 참으세요."

쥐고 있는 이에게는 놓는 것이 수행이고,
놓기만 하는 이에게는 쥐어보는 것이 수행입니다.
견디지 못하는 이에게는 견디는 것이 수행이고,
참는 것이 익숙한 이에게는 그만 멈추는 것 또한 수행입니다.

바위산의 꽃 한 송이

얼마 전 암 수술을 하신 법우님이 물었습니다.
"스님, 저는 암과 싸웠던 그 시간이
참 길고 힘들었습니다.
이제부터는 정말 건강하고 지혜롭게 살고 싶습니다.
어떤 마음으로 살아가야 할까요?"

주변이 온통 바위로만 이루어진 곳에
꽃 한 송이가 피어 있다 생각해보세요.
꽃의 입장에서 보면 그 상황이 참 외로울 겁니다.
거칠고 어둡고 메마른 곳에 홀로 꽃을 피웠으니
참 서글프겠지요.

그런데 한편으로 그 꽃은 도대체 얼마나 귀하기에,
얼마나 소중하고 의미 있는 존재이기에
그리 척박한 곳에서 홀로 꽃으로 피어난 것일까요.

자신이 아팠다고,
지금 몸이 건강하지 않다고
두렵고 서럽게만 생각하지 마세요.

내 존재가 얼마나 귀하고 강하기에
그런 모진 아픔을 이겨내고도 이리 살아 있는가.
나는 정말 소중한 존재구나.

그런 마음으로 살아가세요.
그것이 지혜입니다.

위로는 함께 느끼는 것부터

사랑하는 이에게 나의 위로가 전해지지 않는다면,

서두르지 말고 그와 호흡을 같이해보세요.

더 오랜 시간 헤아려 그 절망을 함께 느끼려 해보세요.

'위로한다'가 아니라 '함께 느낀다'입니다.

그가 머물고 있는 슬픔의 깊이까지

깊고 깊게 들어가

그와 눈을 마주쳐야 합니다.

오래된 아픔을 꺼내보세요

한 줄의 글에도 수십 가지 뜻이 담겨 있고
하나의 법에도 수백 가지 이치가 담겨 있듯이,
오랜 세월이 지나 한 줄 글에 담긴 수십 가지 뜻을 알고
하나의 법에 담긴 수백 가지 이치를 헤아릴 수 있을 때
그때 다시 한 번 자신의 오래된 아픔을 꺼내보세요.

그때가 되면,
지난 아픔이 더 이상
아픔이 아니라는 것을 알게 됩니다.

노스님의 방

어릴 적에 절에 놀러 갔다가
노스님의 방에 들어갔습니다.

방 안에는 낮은 책상 하나가 덩그러니 놓여 있었습니다.
책상 위에는 스님의 간식인 검정콩을 볶아 넣어둔 작은 병,
찻잔 하나, 반질반질하게 손에 익은 염주 하나뿐이었습니다.

그 방은 스님의 정갈한 모습을 고스란히 닮아 있었습니다.
그 후로 내게는 소박하고 깨끗한 그 이미지가
여백의 정의가 되었습니다.

사람들이 절에 와서 편안함을 느끼는 건
여백이 많기 때문입니다.
바라보는 시선에 막힘이 없으니
마음이 자연스럽게 편안해지는 것이지요.

삶이 힘겹고 무겁다면
머무는 공간에 여백을 많이 만드는 것도
가벼워질 수 있는 방법입니다.

개미

작은 일로 다툼이 있었습니다.
절에서는 누군가와 다툴 일이 거의 없다 보니
아주 오랜만의 작은 부딪침이
마음에 바위만 한 무게로 느껴졌습니다.
결국 소화시키지 못해 통증처럼 아파왔고
서러움에 눈물이 났습니다.

훌쩍이다가 문득
나 자신을 돌아보게 되었습니다.
다툼은 어디에서 비롯된 것일까,
정말 누구의 의견이 더 옳은가의 문제였을까,

아니면 지고 싶지 않은 내 자존심의 문제였을까…….

곰곰이 생각해보니 답을 알 것 같았습니다.

"사람들은 노숙자와 재벌, 9급 공무원과 1급 공무원,

다섯 살 아이와 여든 살 노인이 큰 차이가 있을 거라 생각하지만,

하늘에서 인간 세상을 바라보면 다 똑같다.

사람들이 개미를 볼 때

지식이 많은 개미, 곡식이 많은 개미, 잘생긴 개미로 보이지 않고

그저 다 같은 개미로 보이는 것처럼

하늘에서 보면 사람도 그저 사람으로 보인다."

스승님 말씀이 떠올랐습니다.

"옳다 그르다 구별 짓지 말아라.

맞다 틀리다 스스로 상을 만들지 말아라.

잘 되어도 겸손하고, 안 되어도 자격지심 갖지 말아라."

여러 의미가 담겨 있습니다.
내가 옳고 내가 맞다 한들
그것이 뭐가 그리 옳고 맞는 것일까요.
상대가 틀렸다 한들
뭐가 그리 큰일이라도 날 만큼 틀린 것일까요.

상대가 원하는 것이 내 오장육부를 떼어달라는 것도 아니고,
하늘에 있는 별을 따달라는 것도 아니고,
"그래, 그럴 수도 있겠다"
그저 그렇게 인정하고 이해해주는 것, 그것을 바란 것인데
나는 너무나도 인색하게 끝까지 언쟁을 벌이며
내가 옳다고 고집을 부린 겁니다.

곧바로 사과를 했습니다.
"미안해요. 당신이 맞습니다. 내가 부족했습니다."
사과를 하고 나니 마음만큼은 하늘과 땅 차이만큼 달랐습니다.
그제야 비로소 가볍고 편안했습니다.

4부

다듬고 덜어내면 마음도 단정해집니다

복 짓는 일

새해 아침에 어른 스님께 인사를 드렸습니다.
"스님, 새해 복 많이 받으세요."
"그래, 너는 새해에 복 많이 지어라."

복 많이 받으려 하지 말고,
복 많이 지으려 하라는 뜻입니다.

나는 어찌 복은 받는 것이라고만 생각했을까요.
복 받는 사람보다 복 짓는 사람이 되어야겠습니다.

못쓴다

스승님께서 그러셨습니다.

"사람의 삶은 곡선과 같아서
올라갈 때가 있으면 내려올 때도 있는 법이다.
항상 그것을 덤덤히 생각해야 한다.
올라간다고 너무 기뻐하며 경솔하게 행동하고,
내려간다고 너무 고통스러워하며 두려워하면 못쓴다."

나는 이 말씀을 듣고
못쓴다…… 이 부분이 가장 마음에 들었습니다.
그러면 정말 안 될 것만 같았습니다.

선택

살면서 중요한 선택을 해야 하는 순간이 오면
내 마음이 곧바로 원하는 선택을 하기보다는
내 마음이 선뜻 하고 싶지 않은 쪽을 더 많이 선택합니다.

마음은 무척 영리해서
내게 부담 없고 쉽게 느껴지는 결정을 하도록 자신을 이끕니다.
그 결정이 타당한 이유를 수십 가지는 만들어낼 수 있습니다.

반면 애써야 하고 노력해야 하고 용을 써야 가능할 만큼
어렵게 느껴지는 결정을 할 때에는
그 결정이 옳지 않은 이유를 백 가지쯤 만들어낼 수 있습니다.

그래서 뜻을 담아야 하는 중요한 선택일수록
편안하고 부담 없이 느껴지는 선택보다는
버겁고 어렵게 느껴지는 선택을 합니다.

늘 어렵게 느껴지는 선택이
어려워도 해야 하는 선택이
내게는 더 옳은 길이었습니다.

누구나 지난 시간을 돌이켜볼 때
후회가 되는 시간이 있습니다.
그래서 괜찮습니다.
나만 후회되는 시절이 있는 게 아니니까요.

길을 잃은 것 같을 때

언젠가 제가 공부를 하지 못하고 좌절하고 있을 때
스승님께서 이런 말씀을 해주셨습니다.

"수행을 해서 마음을 내려놓은 상태와
아주 많은 고통을 겪어서 마음을 포기한 상태는
같은 것이다.

비록 그 과정은 다를지언정
결과적으로는 둘 다 마음을 내려놓은 것이니
같은 것이다.

그래서 수행자에게는 절망하고 포기하고
많은 고통을 경험하는 것도
내려놓기 위한 공부를 하는 과정이다."

그래서 나는 아무리 돌아가는 길일지라도,
길을 잃은 것 같아 두렵더라도,
이 역시 수행자가 되기 위한 길을 걷는 중이라는
믿음이 생겼습니다.

안 될 것 같아도,
포기해야 할 것 같아도,
그런 자신이 미워지더라도
괜찮습니다.

정말 괜찮습니다.

살면서 중요한 선택을 해야 하는 순간이 오면
마음이 곧바로 원하는 선택보다는
마음이 선뜻 내켜 하지 않는 선택을 하려 합니다.

늘 어렵게 느껴지는 선택이
어려워도 해야 하는 선택이
내게는 더 옳은 길이었습니다.

목표는 낮게, 행복은 높게

자신이 품었던 목표나 바람이 이루어지면
사람은 행복하다고 느낍니다.
그것이 이루어지지 않으면
사람은 불행하다고 느낍니다.

행복과 불행은
자신이 정해놓은 기준만큼 이루어졌느냐
혹은 이루어지지 않았느냐에 따라 느끼는
감정일 뿐입니다.

그러니 뜻대로 되지 않아 마음이 고통스럽더라도

쉽게 좌절하거나 절망하지 마세요.

기준에 도달할 때까지 노력하는 방법도 있지만,

내가 고통스럽지 않을 만큼 기준을 낮추어

그 삶에 적응하며 살아가는 것도

행복해지는 방법입니다.

정제

"체로 쳐서 뉘를 고르듯이 매사에 정밀에 정밀을 더했다.
하지만 거칠기만 한 마음은 갈수록 더 거칠어지니 민망하다.
내가 환갑 나이에도 직접 땔감 장만하고
물 길어오는 수고를 않는 것은
거친 것을 돌려 정밀한 데로 옮겨가기 위한 수행으로 여겨서다.
몸은 힘들어도 마음의 주름살이 거기서 펴지는 까닭이다."

이 글을 남긴 선사는
해질녘이면 오늘 하루도 깨우친 것이 없구나 하며
아이처럼 주저앉아 엉엉 우셨다 합니다.

"정제해서 생각하고 말하기."
일기장에 쓴 글입니다.
체로 걸러내듯이 내 감각, 생각, 마음,
마주하는 모든 것을 정제시켜야 한다는 의지를 담은 글인데
쉽지가 않습니다.

보아도 되는 것, 보지 말아야 할 것.
들어야 하는 소리, 듣지 말아야 할 소리.
해야 되는 말, 해서는 안 되는 말.
지녀도 되는 마음, 지니지 말아야 할 마음.
이런 일들을 애쓰지 않아도
자연스럽게 알 수 있을 때까지 노력해야 합니다.

두서없이 구별 없이 자신이 하고 싶은 대로만 하는 것은
그 끝을 알 수 없기에,
자신을 스스로 망가뜨리는
가장 쉬운 방법이기도 합니다.

만약

일을 하다 커다란 장애가 내 앞을 막으면
생각합니다.

다른 사람이라면 이 상황에서 어떻게 했을까?
다른 사람에게도 이 일이 어려운 일일까?

어려움이 닥쳤을 때
상황의 크기를 바라봐야 답이 보일 때가 있고,
나 자신의 그릇을 바라봐야 답이 보일 때가 있습니다.
나의 그릇을 먼저 바라보면
상황의 어려움을 원망하거나

다른 이를 탓하는 실수를 범하지 않을 수 있습니다.
내 입장을 변명하려는 착오도 범하지 않을 수 있습니다.

어떤 이에게는 성냥불처럼 느껴지는 작은 불씨가
다른 이에게로 가면 커다란 횃불처럼 느껴질 수도 있고,
또 다른 이에게로 가면 그 사람을 다 태워버리는
큰불이 되기도 합니다.

불씨가 중요한 것이 아니라
불씨의 크기를 결정짓는
내 그릇의 크기가 중요합니다.

장애물을 만나더라도 겁먹지 마세요.
내 그릇을 키우면 됩니다.
다른 사람이 할 수 있는 일은
나도 할 수 있는 일입니다.

나쁘기만 한 것은 없습니다

좋은 일이 있기 전에는 반드시 장애가 있습니다.
큰 복이 있기 전에는 반드시 큰 화가 먼저 옵니다.
좋은 기운이 들기 전에는 반드시 삿된 기운이 먼저 듭니다.

그래서 스님들은 장애나 화, 삿된 기운이 들면
곧 좋은 일이 있겠구나 생각하며 설레기도 하고,
또 한편으로는 장애, 화, 삿된 기운을
단칼에 잘라버려야 한다는
단호함을 머금습니다.

그래야 좋은 일이 망설임 없이 들어올 수 있고,

복이 걸림 없이 자리 잡을 수 있기 때문입니다.

세상에 오롯이 나쁘기만 한 것은 없습니다.

나쁜 기운 다음에는 좋은 기운이 있습니다.

설렘과 단호함을 기억하세요.

문리

공부를 잘하는 사람은
일도 잘합니다.
일을 잘하는 사람은
기도도 잘합니다.
기도를 잘하는 사람은
일상생활도 잘합니다.
신기하지요.

"문리가 터진다."
글의 뜻을 깨달아 아는 힘.
사물의 이치를 깨달아 아는 힘처럼

한 가지에 문리가 터지면,

그 힘으로 열 가지 문리를 깨닫게 됩니다.

한 가지를 깊게 제대로 해내는 힘을 지닌 사람은
다른 열 가지 일을 마주할 때도
똑같은 방법, 똑같은 자세로 대합니다.
얼마만큼 힘을 줘야 문이 열린다는 것을 아는 사람은
그 힘을 기억하기에 다른 문도 열 수 있습니다.

생각의 그릇

어린아이들이 자주 하는 말이 있습니다.
"재가 그랬어요. 재가 그러자고 했어요. 쟤 때문에 그래요."
아이들의 마음으로 담을 수 있는 세상입니다.
나는 잘못이 없고, 저 아이가 잘못했다.
모든 책임은 저 아이에게 있다.

몸이 자라 어른이 되고 사회 구성원이 되었을 때
생각과 몸이 함께 자란 사람과
생각은 자라지 못한 채 몸만 자란 사람을
구별하는 방법은 매우 간단합니다.

"저 사람 때문이에요. 다 저 사람 탓이에요.

나는 잘못한 것이 없어요."

이런 말을 자주 한다면

생각은 자라지 못하고 몸만 자라난 사람입니다.

인식

사람이 아는 것과 모르는 것,
인식하는 것과 인식하지 않는 것은
큰 차이가 있습니다.

어쩌면 그 차이가
삶과 죽음,
고통과 행복,
기쁨과 슬픔,
용서와 원망,
절망과 희망,
세상에 존재하는 모든 상반되는 의미를 결정짓는 기준이 됩니다.

살다 보면 살아내듯이

"사는 데 이유가 없는 것처럼
일을 하는 데도 이유가 없다.
살다 보면 살아내듯이
하다 보면 해내게 된다."

공부가 뜻대로 되지 않아 의기소침해질 때면
스승님의 말을 되뇌어봅니다.

살다 보면 살아내듯이
하다 보면 해내게 됩니다.

언뜻 생각하면 쉬운 말 같지만
그 안에 담긴 뜻은 결코 쉽지 않습니다.
해낼 때까지 그저 하면 된다는 말입니다.
하고 하고 또 하다 보면 되는 시점이 있다는 뜻입니다.

"네! 해봤습니다!"의 기준은
그저 될 때까지 하는 것입니다.

하루 한 번 나를 다독이기

어깨가 뭉치고,

눈이 침침하고,

가슴이 답답하고,

쉽게 짜증이 나고 화가 나면

이렇게 한번 해보세요.

하루 중 가장 편안한 시간을 정해 자리에 앉으세요.

몸을 이완시키고 숨을 편안히 쉬세요.

어느 곳에도 집중하지 않고, 몸에 힘을 빼고,

호흡을 자연스럽게 하면서 생각하세요.

"내 머리 정수리로
맑고 깨끗한 폭포수가 쏟아져 내린다.

그 맑고 깨끗한 물이
머릿속에 있는 모든 아픈 것,
병든 것을 쓸어내리고,

가슴속에 있는 병든 것,
화난 것을 쓸어내리고,

허리 안에 있는 안 좋은 것,
탁한 것을 쓸어내려

나의 발바닥 움푹 팬 용천으로
그것들이 빠져나간다."

그렇게 매일 하루 10분씩만
위에서 아래로 기운을 쓸어내리는 겁니다.

한 번도 쓰다듬어준 적 없는 나 자신을
다독이며 쓸어내려주는 겁니다.

하루에 한 번 나를 다독여주면
화가 가라앉고,
비로소 상기된 기운도 내려가게 됩니다.

소리에 놀라지 말아라

"소문은 현명한 자에게 이르러 멈춘다."

_ 순자

"숲속 작은 동물들은 바람 소리에 소스라치게 놀라 도망치지만
숲속 큰 동물들은 그것이 바람 소리인 줄 알아 유유히 걸어간다."

_ 『숫타니타파』

첫 번째는 다른 사람에 대한 소문을 들었을 때
어찌 해야 하는지를 알려주고,
두 번째는 나에 대한 소문이 퍼질 때
어떻게 행동해야 하는지를 알려줍니다.

닮고 싶은 사람

"나는 착하게 살았습니다"라고 말하는 이는
착하지 않은데 착한 행위를 하기 위해 애써온 사람입니다.
진정으로 착한 사람은 자신의 행위가 마땅하고 당연하기에
그 일에 착한 일이라는 이름을 붙이지 않습니다.
내가 닮고 싶은 사람도 그러한 사람입니다.

스스로 힘쓰지 않아도 자신의 본성이 선해
모든 말과 행동, 걸음걸이, 숨결까지도 착한 사람.
무던히 노력하지 않아도,
이렇게 하는 것이 착한 일이다 하고 인식하지 않아도,
자신의 존재가 그대로 착해서 처음과 끝이 한결같고

모든 행위가 선한 결과를 가져오는 사람.

노력해서 이뤄내는 것이 아니라 원래부터 그러한 것,

본래부터 그러한 것.

한 생을 노력해 닮을 수만 있다면

그런 사람의 모습을 가장 닮고 싶습니다.

우주

나는 나 자신에 있어 전지전능한 하늘입니다.
내 마음에 태양을 뜨게 하고, 달을 만들고,
비를 내리게 하고, 숲을 키울 수 있는,
나는 내 마음의 창조주이며 우주입니다.

5부

세월이 흘러도 그리움은 여전히

아파도 괜찮습니다

스님이 된 이후로는 몸이 아프지 않았습니다.
몸이 아픈 것은 마음이 아픈 것에서 시작되니,
스님이 된 이후로는 크게 마음 아픈 적이 없었던 것이지요.

20년 가까이 크게 아프지 않았는데,
얼마 전부터 온몸이 아파옵니다.
뼈 마디마디가 아프고 고개를 바로 들지도 못하게 힘겹더니,
결국 깊고 깊은 곳에 있던 무언가들이 올라옵니다.
오랜 시간 잊고 있던 기억들이 올라오고 있었습니다.
아니, 그 기억들이 토해져 나오려고
내 육신의 마디마디를 흔들고 있었습니다.

누구에게나 아픔이 있습니다.
그 아픔을 이해하고 해석해서 해결하며 가는 이가 있고,
아픔을 감당하지 못하고 자신을 내주어 무너지는 이가 있고,
아픔이 감당되지 않으니 깊숙한 곳에 밀어 넣고
잊고 잊으려 하다 진정 자신조차 잊고 사는 이가 있지요.

나는 마지막 경우입니다.
잊고 잊으려 하다 보니 진짜로 잊어버린 겁니다.
어린 시절을 기억하지 않아도
살아가는 데 특별히 어려움도 불편함도 없었는데,
"내 어릴 적에" 이 한마디에 뼈마디가 아파왔습니다.
오랜 시간 단단히 잠겨 있던 문이 열리느라
서걱서걱 소리를 냅니다.

소원이 뭐예요?
"평범하게 살고 싶습니다."

누군가 소원을 물으면 나는 늘 평범함이라 답했습니다.
"평범하게 사는 게 얼마나 힘든 일인 줄 아니……."
어른들 말씀처럼 평범하게 사는 건 무척 어려운 일이라 생각해
그것을 간절히 소원했던 적이 있습니다.
모두의 삶이, 모든 사람이 살아 숨 쉬는 일이 평범함이라는 것을
깨달은 지는 얼마 되지 않았지요.

스님의 삶은 스님의 모습, 이것이 평범하게 사는 것이고,
영화배우의 삶은 배우의 모습, 그 일상이 평범하게 사는 것이고,
부모를 잃은 이, 배가 고픈 이, 몸이 아픈 이, 실패를 하는 이,
그 모습 그대로가 평범함이었습니다.

고통이 없는 삶이 평범한 삶이 아니라
사람이 존재하기 위해 경험하는 모든 일상이
평범함이었습니다.

아프면 우는 것이 평범한 것이고,
못 살겠으면 도망치는 것이 평범한 것이고,
높은 곳에 올라가면 자만하게 되는 것이 평범한 것이고,

두려우면 벌벌 떠는 것이 평범한 것이고,
삶이 각박해지면 마음이 모질어지는 것이 평범한 것이고,
삶이 여유롭고 편안하면 성격이 원만하고 이해심이 많은 것이
평범한 것이지요.

"평범하게 살고 싶습니다"는 다름 아닌
"살고 싶습니다"였습니다.

앞서 걷던 사람이 파놓은 웅덩이에
멋모르고 뒤따르던 어린아이가 빠져버렸습니다.
어른이 된 지금의 나라면 툭툭 털고 나왔을 텐데,
어렸던 나는 그저 울고만 있었습니다.

어머니가 일을 너무 많이 해서 얼굴이 새까맣게 타고
기운이 없어 물컵을 드는 손이 달달 떨리는 것을 보았을 때,
아버지가 평생 그 흔한 힘들다는 말 한마디

내뱉은 적 없다는 것을 알아차렸을 때,
비로소 깨달았습니다.
부모도 나약하고 부족하고 외로운 중생이라는 것을,
성숙하지 못했던 그들의 젊음 속에서
나는 그저 어린아이로 존재했을 뿐이라는 것을…….
그러니 그들은 굳이 내 앞에서 웅덩이를 팠던 것이고,
나는 또 하필 그 뒤를 따랐던 것이지요.

계속 울지 않아도 됩니다.
모르면 계속 울고 있어야 하지요.
계속 아파하지 않아도 됩니다.
모르면 계속 아파해야 합니다.

아직도 웅덩이 속에서 웅크리고 있는 어린 시절의 나에게
이제 그곳에서 나오라고 손을 잡아줄 시기가 된 것 같습니다.
좀 더 단단해진 내가 단단하지 못했던 어린 나에게
"괜찮아"라고 말해줍니다.

이제는 스님으로 살고 있기에
이렇게 말할 수 있는 것인지 모릅니다.
스님이 되지 않았다면 여전히
평범함이란 고통 없는 삶이라고 고집을 부렸을 것이고,
부모는 자식에게 상처를 줘서는 안 된다고 믿었을 겁니다.
그래서 나는 살고자 스님이 되었습니다.

그대는 살고자 무엇을 하고 계신가요.
아파도 괜찮습니다.
너무 오래 아파하지만 마세요.

그리운 마음을 삼키다

한참 동안 게으름을 피우다
수행을 다시 잘해보려 독하게 마음을 다잡으면
제일 먼저 추스르는 마음이 '그리움'입니다.

'아무도 그리워하지 말자.'
내게 늘 뛰어넘지 못하는 마음이 있다면
그건 그리움입니다.

왜 이리 보고 싶은 이들이 많은 걸까요.
좋아하는 선생님도 보고 싶고,
함께 웃으며 이야기 나눈 이들도 보고 싶고,

아기를 낳았다고 사진 보내주는 친구도 그립고,

종알종알거리던 어린 조카들도 보고 싶어 눈앞에 어른거립니다.

10년쯤 서로 연락하지 않은 인연들도 때때로 그립습니다.

그리움이 너무 많아

제일 먼저 다잡아야 하는 마음입니다.

나는 그저 그리움을 삼키고 참을 뿐

그것을 여유롭게 바라보며

친구처럼 함께하는 방법을 아직 알지 못합니다.

서툴러도, 아파해도 괜찮습니다.

너무 오래 아파하지만 마세요.

이번 생은 저도 당신도 모두 처음인걸요.

고자질

주지스님 때문에 힘이 들 때는

토굴에 계신 큰스님께 몰래 전화를 합니다.

그리고 고자질을 합니다.

"큰스님, 주지스님 좀 말려주세요. 저를 들들들 볶으세요.

주지스님이 이랬고요, 저랬고요, 이러셨어요."

큰스님께 실컷 고자질을 했는데,

다 들으신 스님께서 그러시는 겁니다.

"많이 싸워라. 힘이 있으니까 싸우는 거다.

많이 싸워야 죽기 전에 정도 더 드는 것이고."

그날은 왜 그랬을까요.

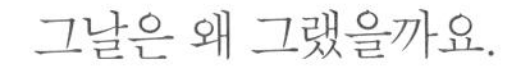

그 말씀에 마음이 찡했습니다.

내가 그것을 깨우칠 수 있는 시절과 인연이 닿아 그랬을까요.

주지스님이 나이가 더 들고 힘이 더 빠지면
그때는 싸울 힘도 없으시겠지요.
허공에 대고 투정을 부릴 수도,
벽을 바라보고 심술을 부릴 수도 없는 노릇인데,
나를 받아주는 주지스님이 계시니
내가 호기를 부리는 것이었습니다.
'주지스님은 대장이니까. 항상 강하고 단단하시니까.
내 위에 계신 분이니까.'
그런 생각에 주지스님이 나이 들고 약해져가는 모습은
보지 못한 채, 나는 몹시 억울한 사람 역할에 빠져 있었습니다.

"그래도 계시는 것이 안 계신 것보다 좋은 줄만 알아라."

안 계시다는 것.
그 생각만 해도 눈물이 핑 도는데
겁도 없이 심술을 부렸던 것입니다.

물들다

평화로운 사람 곁에 있으면
그 평화로움에 물들어 나도 잔잔해집니다.
사람은 사람을 물들게 합니다.

그래서 우울하고 슬픔이 많은 이에게는
밝고 씩씩한 사람 곁에 가서 머물라 합니다.
그 사람의 씩씩한 에너지에 물이 들기 때문입니다.

지금 이 순간 나 또한 누군가를 물들게 합니다.
좋은 마음, 건강한 에너지로
다른 사람을 물들이고 싶습니다.

단정한 마음

내가 좋아하는 분들에게 편지를 쓰면
보통 다섯 장이 훌쩍 넘어갑니다.
좋아하는 사람에게는 무척 수다스러워집니다.
그렇게 편지를 다 쓴 다음에 내용을 여러 번 수정합니다.

한 줄 한 줄 지우는 겁니다.
필요 없는 말, 의미 없는 말, 적절하지 않은 말들을
한 줄씩 지워냅니다.
좋아하는 마음을 담은 글일지라도 그 마음을 무작정 다 전하면
상대가 부담스러울 수 있습니다.

좋아하는 마음을 키우는 건 어쩌면 쉬운 일입니다.
그저 마음껏 좋아하면 되지요.
그렇지만 마음을 적당한 크기로 만들기는 참으로 어렵습니다.
다듬고 다듬어 짐이 되지 않을 만큼의 마음만
상대에게 전하려고 노력합니다.

열 번쯤 수정하고 나면
편지는 다섯 장에서 두 장으로 줄어듭니다.
덜어내야 하는 내 마음이 그만큼 많았던 것이지요.

대화를 나눌 때 열 번을 다듬으며 말을 하기는 어렵습니다.
그래서 빠르게 답해야 하는 대화나 문자보다는
편지를 좋아합니다.

다듬고 덜어내야
소중한 인연에게 전해도 괜찮을
단정한 마음을 전할 수 있습니다.

더 좋아하는 사람, 덜 좋아하는 사람

스님도 더 좋아하는 사람, 덜 좋아하는 사람이 있습니다.
더 많이 좋아하는 사람, 제일 좋아하는 사람이 있습니다.

좋아하는 사람이 절에 오면 뭐라도 챙겨주고 싶어서
주지스님의 보물 상자를 뒤집니다.
그 안에 선물받은 좋은 차, 염주, 꿀단지,
또 절에서 쓰려고 봄 내내 캐서 말린 나물들,
농사지어 만든 참기름, 들기름이 들어 있습니다.
주지스님 안 보실 때 빛의 속도로 후다닥 꺼내
그분들 가져가시라고 차에 미리 실어놓습니다.
다른 사람들 눈에 띌까 봐

주머니에도 넣고 가방에도 숨겨 도둑질을 합니다.

스님인 나도 이러하니 부모는 어떨까 하는 생각이 들었습니다.
자신을 똑 닮은 자식을 낳고 키우는 부모라면
얼마나 아이에게 좋은 걸 다 주고 싶을까요.

눈에 콩깍지가 씌여 사랑하는지조차 잊고 사랑하는 자식일 테니
더 잘 먹이고 싶고, 더 잘 입히고 싶고,
오직 좋은 것만 주고 싶을 겁니다.

내 능력이 되면 애달프지 않게 그리 해줄 수 있고,
내 능력이 부족하면 힘을 내서라도 그리 해주고 싶을 것이고,
정말 노력했는데도 자식에게 좋은 것을 줄 수 없을 때는
욕심을 내어 무언가 움켜쥐고 빼앗아서라도
자식에게 주고 싶겠구나 하는 생각이 들었습니다.

결혼하더니 사람이 변했어요.

자식 낳더니 사람이 달라졌어요.

나이 들더니 사람이 이상해졌어요…… 라는 말은

정말 사랑하는 사람이 생겨서

그 사람에게 좋은 것만을 주고 싶은데 마음처럼 잘 안 되어서

이렇게 마음이 각박해졌습니다, 라는 말이 아닐까요.

욕심이 많은 사람을 너무 미워하지 마세요.

그들에게는 아마도 몹시 사랑하는 사람이 있을 겁니다.

그 사람에게 더 좋은 것을 주고 싶은

애달픈 마음이 숨어 있을 겁니다.

세월이 흘러도 그리움은 그대로

함께 공부하고 마음 나누던 사람들이 인연이 다하여 떠나가고,
더 이상 안부조차 물어보지 못할 만큼 서로 멀어지면
그들이 부담스러워할까 봐
그리워도 그립다고 말하지 못합니다.
그렇게 세월이 흘러가도 그리움은 그대로여서
한 번씩 그 인연들이 생각납니다.

내가 무엇을 놓친 것일까.
내가 어떤 마음을 헤아리지 못했을까.
내가 알지 못한 부분이 무엇이었을까.

인연이 다했을 때 섭섭했던 그 마음은

나를 떠나간 그들의 잘못이라 생각해서였지요.

세월이 지나 섭섭함이 아닌 그리움만이 남아 있는 것은

그들이 떠나간 건 나의 잘못이라 생각하기 때문입니다.

세월이 지나면 인연도

이렇게 다르게 해석하게 됩니다.

버거운 인연을 만났을 때

가끔 어떤 인연을 만나면
무척 버겁다 느껴질 때가 있습니다.
모든 것이 버겁습니다.
대화도 힘들고, 함께하는 상황도 힘들고,
그 사람을 이해하기도 힘들고,
그 사람과 하루하루 이어가기도 힘들고.

그럴 때면 생각을 합니다.
'이 사람 귀한 사람이구나.'

소중한 것은 반드시 그 소중함의 값이 있고,

귀한 것을 얻을 때에는 반드시 그 귀한 가치의 무게가 있습니다.
큰일을 마주할 때에는 평소보다 더 애쓰고 더 힘써야 하니,
더 어렵고 힘든 것입니다.

귀한 인연일수록 정성이 많이 들어가야 합니다.
버겁게 느껴지는 건 어쩌면 당연한 이치이지요.

내가 믿는 사랑

사랑하는 사람이 있으면
가만히 곁에 있어주기보다는
그 사람을 보호하고 지켜주기 위해 노력합니다.

또 그 사람을 보호하고 지켜주기 위해 노력하기보다는
그 사람이 힘들어하고 아파할 때
도움을 주기 위해 더 힘을 쏟습니다.
내 힘으로 해결되는 일이 아닐지라도
그 일을 해결해야 한다는 마음으로 마주합니다.

가만히 있기보다는 지켜주기 위해 힘써야 하고,

지켜주기보다는 힘든 일을 해결하기 위해 힘써야 합니다.

그것이 온몸으로 감당해야 하는 책임,

내가 믿는 사랑입니다.

내가 먼저

무언가 먹고 싶다, 무언가 필요하다, 무언가 하고 싶다……
힘들다, 아프다, 외롭다…… 할 때
제일 먼저 생각나는 사람이 나였으면 좋겠습니다.
기쁠 때, 행복할 때 생각나는 사람이기보다
힘들 때, 적막할 때 생각나는 사람이었으면 좋겠습니다.
내 욕심이 너무 과한가요?

의지하고 싶을 때, 어렵고 힘들 때,
내가 생각나는 일이 자연스러운 일이 될 만큼
먼저 정성을 다해 내 마음을 주겠습니다.
그리해도 된다고, 내가 먼저 그런 믿음을 주겠습니다.

사랑을 지킨다는 것

"아이를 한번 때리고 나면
그다음부터 그 아이는 때려야만 말을 들으니
절대 아이를 때리면 안 된다."
스승님이 말씀하셨습니다.

배우자, 연인, 가족과 싸울 때
한번 물건을 던지면 그다음에도 물건을 던지며 싸우게 됩니다.
갈수록 물건의 크기가 더 커지면 커지지 작아지지는 않습니다.
한번 욕을 하면 그다음 싸울 때도 서로 욕을 하게 됩니다.
시간이 흐를수록 더 강하고 못된 욕을 하지
더 순한 욕을 하지는 않습니다.

한번 사람을 때리고 폭력을 쓰면
그다음에는 더 강한 폭력을 쓰게 됩니다.

그러니 사랑한다면, 어른이라면
싸울 때 절대 물건을 던지거나, 욕을 하거나,
폭력을 쓰면 안 됩니다.
사랑해서 그렇다, 가족이니까 그래도 된다,
싸우고 나서 다시 화해하면 된다 하는 것은
사랑하는 방법을 배우지 못한 것입니다.

사랑한다면서 상대에게 함부로 해서는 안 됩니다.
좋은 모습, 좋은 말, 좋은 마음,
좋은 것만을 주기 위해 온 정성을 쏟아야 합니다.

그런 사랑을 지키려 노력하는 이에게
그런 사랑을 지킬 수 있는 인연이 머물게 됩니다.

유기농만 주고 싶은 마음

자식에게는 하고 싶은 것을 마음껏 하게 해주고 싶지만
그에 따른 짐은 지게 하고 싶지 않듯이,
소중한 인연에게는 오롯이 좋은 것만을 주고 싶지
그에 따른 부담은 주고 싶지 않습니다.

자식에게는 비싸더라도
몸에 좋은 유기농을 먹이고 싶듯이,
내가 마주하는 인연에게는
그의 마음에 해롭지 않은 깨끗한 말만 주고 싶습니다.
그를 향한 내 눈빛이 맑았으면 좋겠습니다.

내 마음을 받은 상대가 건강해질 수 있도록
바른 마음을 주고 싶습니다.

그러기 위해 노력해야 하는 수고는 내 몫으로 남기고,
상대는 그 마음을 느끼는 데 오직 자유롭기를 기도합니다.

사랑한다

사랑한다.

사랑한다.

사랑한다.

여러 번 말하고 표현하다 보면
사랑하는 마음이 점점 더 커집니다.
말할 때 나 자신도 그 소리를 듣기 때문이지요.

사랑해서 사랑하고,
사랑해야 해서 사랑하고,
사랑하고 싶어서 사랑하는 것이 됩니다.

예쁘다 예쁘다 하면 정말 예쁘게 됩니다.

고맙다 고맙다 하면 정말 고맙게 됩니다.

아낀다 소중하다 하면 정말 소중하게 됩니다.

내가 하는 그 말이

정말 그렇게 만들어줍니다.

이은주 님께 보내는 편지

어떻게 지내세요.
안부를 물으면 분명 "저는 잘 지내고 있습니다"라고
답하실 것 같아 여쭈지 않았습니다.
단지 이른 아침에 잘 지내실까,
법우님을 떠올리는 것으로
제 안부를 대신하였습니다.

2년에 걸친 수술과 항암 치료, 방사선 치료까지 끝나가니
지금쯤 이미 오장육부가 너덜너덜하시겠지요.

요양원에 계실 법우님의 하루를 따라가보았습니다.

가만히 앉아 창밖을 바라보다
천천히 걸어가 식사를 하고,
한 번씩 통증이 오면 엎드려 있다가
또 한 번씩 몰려오는 두려움과 슬픔에 애써 담담한 척하며
그리 계시겠지요.

법우님의 일상과 저의 일상이 무척이나 닮았습니다.
저의 일상도 그리 천천히 흘러갑니다.
새벽에 새벽 예불을 하는 주오스님의 목탁 소리에
잠이 깨기 싫어 안 들리는 척 계속 자는 것 말고는
착하게 보내고 있습니다.
울력하고, 기도하고, 공부하고,
사람들을 마주하고, 주지스님 심부름도 하며
성실하게 지냈어요.

이렇게 고요한 일상에 적응하는 데 10년이 걸렸습니다.
절집에 익숙해지는 데 저는 10년이 걸렸습니다.
그것도 눈으로 보이는 것, 입으로 먹는 것, 귀로 듣는 소리를
모두 순하고 순하게 하고 나서야 말입니다.

나물 반찬을 먹고 좋은 말들을 듣고,
입는 옷도 짙은 회색, 중간 회색, 옅은 회색만을 입고
그렇게 고요하고 심심하게 살다 보니
밖에서의 습관이 사라지고
천천히 흐르는 일상이 익숙해졌습니다.
법우님도 저와 같은 삶을 살고 계신 겁니다.

법우님,
열정이 폭발하고 격정적으로 자신을 태우며
에너지를 밖으로 표출할 때는
그 순간 살아 있음이 느껴져 기쁘고 가슴이 두근거리고
그로 인해 지치는 줄 모르고 살 수 있습니다.

반대로 이렇게 조용히, 고요히
자신을 다스리며 살아가는 일은
지루하고 심심하고 재미가 없습니다.

그래서 이 재미없는 일상을 담담하게 살아가는 것,
저는 그것도 수행이라고 생각합니다.

그곳에 아픔, 통증, 애환이 담겨 있다면
주변이 고요하여 매 순간 더 잘 마주해야 하지요.
그 순간순간을 무너져 내리지 않고, 크게 반응하지 않고,
묵묵히 하루하루 살아가는 일도 수행이라고 생각합니다.

법우님께서는 지금 저와 같이
수행을 하고 계신 거라 생각합니다.
긴 삶 속에서 몇 년 수행하는 삶을 살고 있다,
그리 마음먹으세요.

한 번도 아프다는 말씀을 하지 않으셨습니다.
왜 하필 나에게…… 라는
그 흔한 원망조차 하지 않으셨지요.
아내의 역할, 엄마의 역할, 딸의 역할을
못 하는 것에만 괴로워하셨어요.

도망치지 않고 무너져 내리지 않고 살아 계신 지금
법우님은 아내로서 엄마로서 자식으로서 할 수 있는
모든 역할을 다 하고 계신 겁니다.
존재하는 것, 아픔을 천천히 씹어 삼키고 소화시키는 것,
그것 말고 더 잘하실 수 있는 일은 세상에 없습니다.

당신은 저보다 훨씬 깊은 수행을,
어려운 수행을 하고 계신 겁니다.

존경합니다, 그리고 감사합니다.

함께 아파하다

내게는 친구가 한 명 있는데,
이 친구에게는 내가 어떤 말을 하더라도 그 말에 거짓이 없으면
모든 것을 다 이해해줄 거라는 확신이 있습니다.
내가 어떤 잘못을 하더라도 그것을 잘못했다 깨우치고 나면
용서해줄 거라는 믿음이 있습니다.

그런 믿음이 있는 건
그 친구가 지닌 성품, 그 친구의 모습이 그러하기 때문입니다.
마음이 넓고, 성품이 온아하고, 이해심이 많은
그 사람의 모습 때문입니다.
그런 친구가 청소년 상담, 아동 심리치료를 하면

정말 잘할 거라는 생각이 들어서
그에 대한 공부를 해보는 게 어떤지 친구에게 물어보았습니다.

그런데 친구는 이렇게 말했습니다.
"아이들의 아픈 이야기를 듣다 보면
그 아픔이 모두 나의 아픔이 되어서
아마 내 가슴이 부서질 거예요.
나는 그 고통에 하루도 견디지 못할 거예요."

그 대답을 듣고 알았습니다.
'이거였구나……. 그래서 그랬구나…….'
답은 '공감'이었습니다.

어떤 이야기를 해도 친구가 나를
이해해줄 거라는 확신이 있었던 것은
단순히 친구의 성품 때문만이 아니었습니다.

바로 친구가 지닌 공감 능력 때문이었습니다.

나의 이야기를 듣기만 하는 것이 아니라
나의 아픔을 같이 아파해주었기에
그 고통을 나누고 함께 느껴주는 것이었습니다.

그러니 나는 자연스럽게 친구에게 아픔을 이야기하게 되고
아무런 대답과 위로를 듣지 못하더라도
큰 위안을 느낄 수 있었던 것입니다.
그로 인해 깊은 믿음과 확신이 생긴 것이지요.

최고의 위로는 훌륭한 답변이 아니라,
잘 들어주는 것이 아니라,
같은 입장으로 통증을 함께 느끼고
그 마음을 그대로 공감하는 것이었습니다.

상담, 치료, 위로의 의미는 '함께 아파한다'였습니다.
친구의 말처럼 아마도 가슴은 부서지겠지요.

인연복

가족, 친구, 연인과 의견이 부딪쳐 싸우게 되면
그 짧은 순간에 생각하고 판단해야 합니다.

화가 나는 대로 싸우고,
상대를 이기기 위해 더 상처를 주는 못된 말을 할 것인가.
아니면 1분만 화를 가라앉히고 한 발짝 물러서서
서로 이해하고 대화를 나눌 수 있는 공백을 만들 것인가.

그 선택을 하는 1분은
두 사람 사이에 정해진 인연법이나 운명이 아닌
온전히 나의 의지로 결정됩니다.

내가 참지 못하는 화, 다스리지 못하는 화로 인해
인연이 악연으로 변하는 경우가 많습니다.

처음에 만날 때는 그저 인연입니다.
다스리지 못한 나의 화가 그 인연에
'악'이라는 이름을 붙이는 것입니다.

"나는 인연복이 많아요.
내 주변에는 좋은 인연이 많아요"라는 뜻은,
그만큼 내가 화를 잘 참고 잘 다스려
처음 만날 때 그저 인연이었던 그 이름 앞에
'선'이라는 이름을 붙여준 것입니다.

여백의 의미

생명의 한 존재와 또 다른 존재가 함께하는 일은
서로를 마주 바라볼 수 있을 만큼의 여백이 필요합니다.

나의 생각과 너의 생각이 서로 다르다는 것을 인정할 만큼
여백이 필요하고,
나의 존재와 너의 존재가 서로 온전히 존중할 만큼
여백이 필요합니다.

여백을 두려워하지 않고 믿음을 갖고 서로 마주하는 일은,
직선으로 부딪치지 않고 곡선으로 둘러가는 길입니다.

배려

상대를 배려하는 일은 하루아침에 할 수 있는 것이 아니기에
오랜 시간 다른 이를 배려해온 사람은
그것이 습관이 되어 있습니다.

신발을 신고 나갈 때
뒤따라 나오는 이의 신발을 신기 편한 방향으로 돌려놓는 사람.
음식을 먹을 때
상대에게 먼저 건넨 다음 자기 것을 먹는 사람.
식당이나 카페에 갔을 때
함께 온 사람이 편히 앉을 수 있도록 딱딱한 곳에 자신이 앉고
편한 의자에 상대를 앉게 하는 사람.

길을 걸을 때
찻길 쪽으로는 자신이 걷고 상대는 안쪽으로 걷게 하는 사람.
장을 보고 짐을 들을 때
너무도 당연히 자신이 더 무거운 것을 들으려 하는 사람.

배려하는 행동이 여러 번 반복되어
그것이 습관이 된 사람들의 모습입니다.

무심히 스쳐지나갈 수 있는 모습들로
그 사람을 신뢰합니다.

그런 행동이 자연스러운 사람들을 만나면
비록 오랜 시간을 함께한 인연이 아닐지라도
마음을 열고 그 인연을 마주하게 됩니다.
그 사람은 좋은 사람인 것입니다.

아버지

"어디냐."

"울산입니다."

"거기에서 뭐 해?"

"절 포교원이에요. 잘 지내시지요? 한번 찾아뵐게요."

"나는 네가 하나도 보고 싶지 않다."

뚝…….

혹시 전화를 건 사람이 나인가 싶어 다시 확인해보니

역시 아버지께서 내게 전화를 하신 게 맞습니다.

"나는 네가 하나도 보고 싶지 않다."

세월이 지나니 이제 그 말이

"나는 네가 많이 보고 싶다"로 들립니다.

나이가 들면 나의 부모에 대해
다시금 해석하고 바라보게 되는 시점이 있습니다.
말로 들리는 소리가 아닌 마음의 헤아림으로,
눈에 보이는 모습이 아닌 세월의 알음알음으로
그분들을 다시 바라보게 되지요.

나의 아버지는 말이 별로 없습니다.
아버지 앞에서 이야기를 해도
대답도 잘 안 하고 얼굴도 잘 안 보시지요.
듣고 계신 건지 안 듣고 계신 건지 알 수가 없습니다.
그러다 한 번씩 소리를 버럭 지르기도 하고,
어쩌다 하는 말들은 맨 가슴에 굵은 소금을 뿌려 문지르는 듯
모진 말, 미운 말, 거친 말들입니다.
그러고는 당신은 아무것도 모르는 척 등을 돌리십니다.

사람들은 우리 아버지를 어려워합니다.
자식인 나도 아버지가 어려우니까요.
그렇지만 사실은 정이 많고 사랑이 많은 분입니다.
우리 아버지가 사랑이 많다고 하면
옆에서 "풉" 하고 웃는 사람들도 있습니다.
보기에는 전혀 그렇지 않다는 뜻이지요.
산적에게 순한 양과 같다고 말하는 것처럼요.
그 사랑은 눈을 비비고 찾아봐야 보이는 사랑이지만,
어른이 되니 이제 그 사랑이 보이기 시작합니다.

여덟 형제 중 셋째로, 밥 한 그릇 배불리 먹기 힘든 집안에서
홀로 학교를 졸업하고 공무원이 되셨습니다.
단칸방을 마련해 동생들을 모두 데려와 학교를 졸업시키고,
취업시키고 결혼을 시키는 것까지 다 아버지 몫이었습니다.
그렇게 젊은 시절을 보낸 아버지는
그것만으로 어깨에 힘이 들어갈 만도 한데
단 한 번도 내가 무엇을 했다, 그런 말을 한 적이 없습니다.
내가 어떻게 했다는 말도, 내가 어떻게 살았다는 말도
들어본 적이 없습니다.

무뚝뚝하고 거친 내 아버지의 사랑은 책임감이었습니다.

지금의 나보다 어린 20대 청년이 홀로 도시에 방 한 칸 마련하고,

적은 월급을 아끼고 아껴 동생들을 가르치고,

쌀을 사고 차비를 쥐어줄 때마다 얼마나 마음이 짓눌렸을까요.

외롭고 서러운 마음을 말할 곳조차 없었을 것이고,

말한다 한들 달리 방법도 없었을 테니

그리 말하는 것조차 사치라 생각했겠지요.

오직 앞만 보고 죽어라 뛰어야 한다,

그래야 내 자식, 내 형제들을 지킬 수 있다…….

수백, 수천 번 그렇게 자신을 다그치기만 하셨을 겁니다.

그건, 사랑입니다.

사랑하기에 참고 견디고 감당하려는 마음입니다.

언젠가부터 나는 사람을 볼 때

그 사람의 이야기를 듣기보다는

그 사람의 어깨를 먼저 바라보게 되었습니다.
어떤 무게를 짊어지고 있는지,
무엇을 책임지기 위해 애쓰고 있는지,
어떻게 그 무게를 감당하고 있는지…….

입으로 말하는 달콤한 사랑이 아닌,
거칠고 모질고 표현이 서툴러도
상대의 고통을 자신의 어깨에 짊어지려는 이를 더 좋아합니다.
그것이 더 정직하게 사랑하는 법이라 생각합니다.
나의 아버지처럼요.

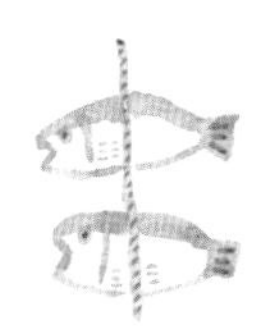

세상에서 가장 큰 차이

나는 종일 말 한마디 하지 않아도 불편하지 않습니다.
오랜 시간 혼자 있어도 외롭거나 적적하지 않습니다.
낯가림을 해서 처음 보는 사람과는 대화를 잘 나누지 못합니다.
반대로 주지스님은 사람을 무척 좋아합니다.
밤이건 낮이건 절에 사람들이 오는 걸 반가워하고,
그분들과 종일 담소를 나누어도 지칠 줄 모릅니다.
처음 만난 인연인데도 마치 10여 년 전부터 알고 지낸 인연인 듯
친근하고 편하게 대합니다.

나는 정적인 것을 좋아하고
주지스님은 동적인 것을 좋아합니다.

그래서 성향이 전혀 다른 우리는 서로 잘 안 맞습니다.
주지스님이 이야기할 때 내가 작은 반응이라도 보이면
신나고 즐거워하실 것을 알면서도,
궁극적으로 나는 재미가 없어 그러지 않습니다.

사람에 대한 애달픔과 사랑이 나보다 많은 주지스님은
어쩌면 항상 약자입니다.
더 많이 사랑하는 사람이 더 약자일 수밖에 없지요.

하루는 종일 마음 아픈 일이 있었습니다.
어찌 절까지 왔는지도 모르게 울고 울며 절에 왔는데,
마음에 안간힘을 쓰며 절에 도착하고 보니
그대로 주저앉을 것만 같았습니다.
아홉 시가 다 되어 도착했는데,
주지스님이 "저녁은?" 물어보셔서 "먹었어요" 하고 말씀드리니
"먹긴 뭘 먹어……" 하십니다.

힘든 얼굴을 보여드리지 않으려고 얼른 씻고 나와보니
밥상을 차려놓으셨습니다.
"안 먹어요. 먹었어요."
그러면서 밥상을 보니 내가 좋아하는 반찬만 꺼내놓으셨습니다.
김, 단무지, 장아찌, 청국장.
나이가 몇인데 아직도 편식을 하느냐 하면서도,
싫어하는 김치와 안 먹는 나물은 꺼내지 않고
딱 내가 먹는 것만 꺼내놓으셨습니다.
속이 상하고 힘든 날이면 아무 내색 안 해도
그때마다 "너 얼굴이 푸르딩딩한 게 맛이 갔어" 하시니,
주지스님은 속일 수 없습니다.
이리 나를 잘 아는 건 엄마뿐이지 싶습니다.

청국장이 맛있었습니다.
밥 한 숟가락 푹 떠서 입에 넣는데
웃음도 나고 눈물도 납니다.
"엄청 맛있네. 안 먹었으면 큰일날 뻔했네요."
일부러 더 유난스럽게 밥 한 공기를 다 먹었습니다.

얼마 전에 엄마가 돌아가신 친구가 생각났습니다.
그 친구에게 말했습니다.
“나는 엄마가 있고 너는 엄마가 없으니까
내가 너를 다 이해해줄게.”

세상에서 가장 큰 차이.
엄마가 있는 것과 없는 것의 차이.
어깨에 힘이 팍 들어가고 아니고의 차이.
서러움을 삭일 수 있는 것과 없는 것의 차이.

주지스님이 계셔서 좋습니다.
누구에게도 받아본 적 없을 만큼 큰 헤아림으로
주지스님이 나를 짝사랑해주어서
고맙습니다.

그린이 김소라

대학원에서 그림책 만들기를 배웠다. 오래도록 지속 가능한 그림 그리기에 대해 고민하고 있다. 그린 책으로 『있잖아, 누구씨』, 『고슴도치의 소원』, 『코끼리의 마음』, 『잘 지내니』, 『잘 다녀와』 등이 있다.

instagram.com/raso0000

KI신서 9695

다음 생엔 엄마의 엄마로 태어날게(개정판)

세상 모든 딸들에게 보내는 스님의 마음편지

1판 2쇄 발행 2023년 1월 13일

지은이 선명 그린이 김소라
펴낸 김영곤 펴낸곳 (주)북이십일 21세기북스

교정교열 박민주 디자인 김은영
출판마케팅영업본부 본부장 민안기
출판영업팀 최명열 김다운
제작팀 이영민 권경민

출판등록 2000년 5월 6일 제406-2003-061호
주소 (10881) 경기도 파주시 회동길 201 (문발동)
대표전화 031-955-2100 팩스 031-955-2151 이메일 book21@book21.co.kr

ISBN 978-89-509-9538-6 03810